KB116277

아무도   아닌

황정은 소설

아
무
도 아
　　닌

문학동네

아무도 아닌, 을 사람들은 자꾸 아무것도 아닌, 으로 읽는다.

차례

上行

고추밭에 고추를 따러 가자고 해서 가겠다고 대답했다.

나는 오제에게 무엇을 준비해야 하느냐고 물었다. 오제는 고추를 담을 자루가 필요하겠지만 그건 자신이 준비하겠다고 대답했다. 몸만 와, 라는 대답을 듣고 나는 몸만 갔다. 쌀쌀한 가을 아침이었다.

어서 와라.

오제의 어머니가 담비 털이 달린 낡은 외투를 입고 차 옆에 서 있었다. 외투가 크고 몸이 작아 그냥 외투 한 벌이 서 있는 것처럼 보였다. 오제는 셋이서 고추를 따게 될 거라고 말했다. 나는 좋다고 대답했다. 빈 자루 세 개를 뒷좌석에 싣고 출발했다. 오제가 운전대를 잡았고 내가 조수석에 앉았고 오제의 어머니가 뒷좌석으로 들어갔다. 오제는 라디오를 틀어두었다. 나는 오제의 어머니가 먹으라며 건네준 토마토를 쥐고 있다가 조금씩 먹었다. 우리는 국도를 타고 남동 방향으로 빠르게 이동했다. 점심을 먹기 전엔 고추밭에 도착할 예정이었다. 오제

의 어머니는 오랜만의 나들이에 들뜬 듯했다. 사는 게 무료해서 문화
센터에서 민요를 배우기 시작했는데 함께 수업을 듣는 여자들 가운
데 꽤나 경우 없는 여자가 있다, 바나나를 사서 그 여자네 놀러갔더
니 먹으라고 한 송이 꺾어주지도 않고 냉장고에 숨겨두더라, 얄미워
서 바나나는 냉장고에 넣는 것이 아니라고 한마디 했더니 어머 그렇
지, 하며 선반에 올려두고 역시 한 송이 내놓지를 않더라, 밥 먹을 때
가 되니 자기 먹던 김치 한 가지를 반찬이라고 내주는데 어머 정말로
다른 것 없이 먹다 남은 김치, 그것 한 가지를 내주더라, 야 배고프냐,
바나나도 있고 토마토도 있다, 바나나를 먹겠냐 토마토를 먹겠냐, 토
마토를 더 먹어라, 토마토가 눈에도 좋고 이에도 좋다, 내가 이 나이
에도 이렇게 주름 없는 얼굴인 것은 젊어서 과일 팔 때 토마토를 많이
먹었기 때문이다, 이런 이야기에서 저런 이야기로 건너뛰며 카랑카랑
한 목소리로 조금도 쉬지 않고 말했다.

　　마지막으로 그녀를 만났을 때가 두 달 전이었는데 그 틈에 부쩍 마
르셨다고 말을 건네자 오제 아버지 때문이라고 그녀는 불평했다. 오
제의 아버지는 최근 폐암 진단을 받고 오른쪽 폐를 잘라내는 수술을
받았다. 아파트 경비원, 대형마트 잡역부 등으로 일하는 동안 개근하
고 근면해서 다른 직원들에게 매사 모범을 보였던 그는 한쪽 폐를 잃
은 뒤로 외출을 삼가고 침대에 누워 지내고 있었다. 재활 삼아 산책
이라도 하면 좋을 텐데 어쩌면 그림처럼 앉아만 있다고 오제의 어머
니는 불평했다. 밖에 나가지 않고 눈에 보이는 집안일에 시시콜콜 간
섭을 다 하니 내가 아주 죽겠다, 생각하는 것만으로도 짜증이 난다는
듯 그녀는 한숨을 쉬었다. 오제는 뭐라고 말이 없는 채 운전하고 있

었다.

오제의 어머니는 외투를 말아서 베개 삼아 누웠다가 잠들었다. 나는 창을 열고 바싹 마른 토마토 꼭지를 바깥에 버렸다. 토마토 꼭지가 깃털처럼 기척도 없이 허공을 날아 뒤쪽으로 사라졌다. 터널을 몇 개 통과하는 동안 라디오에 잡음이 섞였다. 마침내 수신이 끊기자 오제는 라디오를 꺼버렸다. 맑고 쌀쌀해 고추를 따기에 좋은 날이었다. 국도를 벗어나 한적한 지방도로를 달렸다. 버려진 축사와 드문드문 선배나무들 곁을 지나갔다. 산비탈 콩밭에서 서리를 맞은 콩들이 바싹 마르고 있었다.

콩 봐라.

어느 틈에 깼는지 오제의 어머니가 뒷좌석에서 말했다.

저 아까운 콩 봐라.

*

근처까지 가서 우리는 상당히 헤맸다.

어디쯤에서 두 개의 연못을 지나야 한다는데 그 연못들을 찾아내지 못했다. 이쪽인가보다, 저쪽인가보다, 뒷좌석에서 앞좌석 쪽으로 몸을 내밀고 길을 보던 오제의 어머니가 고추밭 주인에게 전화를 걸었다. 통화에 익숙하지 않은 오제의 어머니와 운전중인 오제를 대신해 내가 전화기를 넘겨받았다. 누구라고 인사할 짬도 없이, 너 오른쪽으로 지금 연못이 보이냐, 라고 묻는 아주머니의 목소리가 들려왔다.

연못은 안 보여요.

연못이 있다.

연못이 있어야 한다는 안내만 듣고 있다가 아마도 그녀가 말하는 연못인 듯한 두 개의 저수지를 지나며 가는 길이 분명해졌다. 우리는 전화를 끊고 방향을 잡아 달렸다. 분홍색 사과를 단 사과나무들이 평지와 비탈에서 햇빛을 받고 있었다. 우리 새 고모 목소리 걸걸하지, 오제의 어머니가 말했다.

여장부야 여장부.

고추밭 주인은 고추 말고도 호박과 콩과 배추를 키우고 있다. 그녀가 관리하는 밭이 천 평이다. 그녀는 지금 노모와 단둘이 살고 있는데 밭이며 집은 사실 그녀의 남동생 것이었다. 수줍은 성격 탓에 사람들과의 관계에 애를 먹던 그는 도시에 처자를 두고 이 시골로 내려와서 어머니랑 누이랑 밭을 갈며 살았다. 그가 겨울에 죽었다. 이제 밭과 집은 그의 아내와 다 큰 아이들의 몫이 되었고 그 식구들이 그 집을 팔겠다고 내놓은 상황이었다. 간단하게 말할 수는 없는 사정으로 하여간 상황이 흉하게 되었다. 쫓겨나는 셈이니까, 오제의 어머니에게 이런 이야기를 소곤소곤 듣는 동안 목적한 마을에 당도했다. 좁지만 깨끗하게 정비된 도로를 따라 도시의 철물점과는 다른 물건을 주렁주렁 내건 철물점이 있었고 양곡장이 있었고 보건소와 우체국과 면사무소가 나지막하고 아담하게 이어졌다. 고추밭 주인이 자전거를 타고 그 길 끝으로 마중나왔다. 밭에서 오는 길인 듯 흙 묻은 바지 차림에 장화를 신고 있었다. 등이 넓고 키가 크고 예상보다도 젊어 보이는 아주머니였다. 오제의 어머니가 그녀를 먼저 발견하고 창을 열었다.

고모, 새 고모.

우리는 그녀의 자전거를 따라 그녀의 집으로 갔다. 대문과 담이 없는 단층 주택이었고 넓은 마당이 딸려 있었다. 아무데나 좋을 곳에 세워두라는 말을 듣고 오제는 담 없는 마당으로 차를 몰고 들어갔다. 개집에 묶인 개 두 마리가 짖었다. 오제의 어머니가 개집 쪽으로 다가가 개들을 유심히 들여다보았다. 두 마리 가운데 털이 더 노랗고 주둥이가 뭉툭한 개를 가리키며 그녀가 말했다.

애가 우리집에 있던 멍멍이가 낳은 새끼 아니에요?

알아보겠나.

어머.

얘도 이름이 멍멍이다. 멍멍이 새끼, 멍멍이.

멍멍아.

멍멍아, 그만 짖어라.

세상에, 닮은 거 봐라.

닮았나.

우리 멍멍이는 죽었어요.

그랬다며.

두 부인이 개를 물끄러미 보고 있는 동안 오제와 나는 차 뒤편으로 돌아가서 마당에 섰다. 장미가 몇 그루 자라고 있었고 햇빛에 노랗게 타들어갔지만 잔디가 자란 흔적도 있었다. 그늘진 헛간 벽엔 잘 마른 시래기가 다발로 걸려 있었고 벗겨진 자국 없이 벽 칠도 깨끗했다. 어느 구석이든 어느 것이든 가지런하게 정돈되어 있었다. 사는 사람이 부지런히 관리하고 있는 집이었다. 오제는 주머니에서 납작한 술병을 꺼내 한 모금 마셨다. 나는 집이 좋아 보인다고 말했다.

어머님이 새 고모라고 부르시더라.

어.

오제와는 관계가 어떻게 되느냐고 묻자 오제는 직접 불러본 적이 별로 없어 촌수를 잘 모르겠다며 이런 이야기를 들려주었다. 전쟁중에 오제의 어머니가 고모 내외를 따라서 남하했다. 남쪽에 당도한 뒤 그 고모가 죽고 고모부가 새로 처를 들였다. 얼마 되지 않아 그 고모부도 지병으로 죽었다. 홀로 남은 새 부인은 친정으로 돌아가 의탁했다. 그 사람이 지금 오제의 어머니 곁에서 개를 들여다보고 있는 아주머니다. 오제는 커다란 덩치로 웅크리고 앉아서 나뭇가지로 바닥에 관계를 그려 보였다. 동그라미 옆에 동그라미 옆에 동그라미 옆에 동그라미를 그리고, 기울어진 막대 같은 것을 동그라미들 틈에 그려넣었다.

한마디로 멀다는 얘기냐고 묻자 한마디로, 그렇지, 라며 오제는 고개를 끄덕였다.

다리가 저려서 일어났다가 조그만 노부인을 보았다. 차 트렁크 너머에서 오제가 바닥에 그린 그림을 골똘히 들여다보고 있었다. 백발을 소년처럼 짧게 잘랐고 커다란 안경을 썼고 솜을 넣고 누빈 조끼와 바지를 말쑥하게 입고 있었다. 오제가 벌떡 일어서며 술병을 허리 뒤쪽으로 숨겼다.

들어와.

깜짝 놀랄 만큼 또렷한 목소리로 그녀가 말했다.

밥 먹어.

밥 있어.

*

　모녀는 우리를 기다리는 동안 벌써 밥을 먹었다면서 손님들 몫의 음식만 내왔다. 아홉 사람 정도는 여유롭게 앉을 수 있을 것 같은 커다란 식탁에 음식을 두고 먹었다. 콩장에 불고기에 북어조림에 차갑게 식힌 콩나물국에 밥이었다. 흰콩이 섞인 밥이었고 밥맛이 좋았는데 밥보다도 콩맛이 좋았다. 콩을 젓가락으로 집고 이건 무슨 콩이냐고 묻자 우리집 뒷담에 붙어 자라는 울타리콩이라고 아주머니가 말했다. 이 계절이 될 때까지 자라는 대로 내버려두고 비바람에 말렸다가 밥 지을 때 한줌 넣어 먹는 귀한 콩이라는 것이었다. 이런 이야기가 오가는 동안 조그만 노부인은 내가 앉은 의자의 등받이를 만지작거리며 내 뒤에 서서 숨을 쉬었다. 그녀가 코로 내쉬는 숨 때문에 내 왼쪽 정수리 부근이 아까부터 동그랗게 간지러웠다. 식사를 마친 뒤엔 차를 한 잔씩 받았다. 주전자에 말린 감잎을 넣고 끓인 찻물이 고소하고 달았다. 나는 찻잔 뚜껑을 손에 쥐고 손가락을 덥혔다. 거실 공기가 싸늘해서 손가락과 발가락이 식었다. 진달래와 산나리를 심어둔 항아리들 외에는 물건도 별로 없이 널찍하게 트인 거실이었다. 커다란 창으로 그 집에 딸린 배추밭과 콩밭이 내다보였다.

　오는 길에 보니 배추 썩히는 밭이 많더라고 오제의 어머니가 말했다.

　배춧값이 너무 싸다고 아주머니가 대답했다.

　우리도 우리 먹을 것만 뽑고 다 내버려뒀어.

　아까워라.

　배추랑 콩이랑 사람 사서 수확하는데 값이 그래서 올해는 어려워.

배추 좀 가져갈까요?

가져가. 감도 따고 은행도 줍고 고추도 따고, 다 가져가. 여긴 딸 사람도 없다.

서울에서는 배춧값이 비싸서 사질 못해요.

요즘 금값도 높다며.

아유 우리야 금하고 인연 있나요.

금값이 오르면 전쟁 난다.

그래요?

옛날부터 그랬어.

오제와 나는 개를 보러 마당으로 나갔다가 개집 옆으로 난 계단을 발견하고 옥상으로 올라갔다. 잘 닦인 장항아리가 몇 개 놓여 있었다. 날씨가 맑아 먼 산꼭대기가 선명했다. 배추밭과 콩밭과 그 밭 너머로 이어진 무슨무슨 밭들을 바라보다가 옥상 가장자리에 얹힌 깨끗한 기왓장 위에서 거미를 발견했다. 몹시 통통하고 아랫배와 다리가 빨갰다. 거미를 별로 본 적이 없었지만 이런 거미는 특별히 더 본 적이 없었다. 봐라 굉장한 거미다, 라고 말하고 오제를 보니 오제는 먼산을 바라보고 있었다.

오제의 어머니가 외투를 입은 채로 옥상으로 올라왔다.

좋구나, 여기 오니 가을이다.

그녀는 옥상 가장자리를 따라 걸으며 사방을 천천히 둘러본 뒤 집 뒤쪽으로 펼쳐진 밭을 가리키며 저기까지가 우리 새 고모 거다, 라고 말했다. 네에, 하고 나는 대답했으나 저기까지라면 어디까지인가, 라고 생각하며 그녀가 가리켜 보인 들판 쪽을 애매하게 바라보고 있었다.

천 평이야.

이 정도면 천 평이 되나요?

여기 말고도 고추밭, 그리고 다른 밭이 하나 더 있고, 이 집까지 합쳐서 천 평이다. 전부 해서 일억육천만원에 내놨다더라.

싼 건가요?

싼 거지. 너 도시에서 그 돈을 가지고 이런 집을 사겠냐, 이런 땅을 사겠냐.

그러네요, 싸네요.

싸도 너무 싼 거지.

싸지, 오제가 문득 말했다.

그만한 돈이 있는 사람한테는 싸겠지, 그 돈 없는 나 같은 놈에게는 싼 게 아니야.

계단 아래쪽에서 멍멍이가 소리를 냈다. 짖는 것은 아니었고 툴툴거리는 소리에 가까웠는데 옥상에 오른 낯선 사람들을 제대로 지켜보지 못해 애가 타는 모양이었다. 오제는 더는 말이 없었다. 오제의 어머니도 말없이 천 평 밭을 바라보았다. 그녀가 외투 주머니에 손을 넣은 채로 계단을 내려간 뒤 나는 오제를 향해 무슨 일이 있느냐고 물었다. 오제는 가타부타 말은 않고 손바닥으로 얼굴을 비비고 있었다.

*

고추밭으로 떠나기 전에 옷을 갈아입었다. 나는 오제의 어머니가 내 몫으로 챙겨 온 낡은 청바지를 입었다. 본 것이 있어서 양말 안으로 바짓단을 구겨넣고 밭에 갈 준비가 다 되었다고 생각했다. 그런 차림으로 운동화를 신고 마당에 서 있자니 노부인이 현관에서 마당을 내려다보며 나를 향해 뭐라고 말했다. 화가 나셨나, 라는 생각이 들 정도로 똑바로 노려보며 같은 말을 반복해서 말하고 있었다. 두꺼운 안경알을 통해 여러 겹으로 둥글둥글 왜곡된 눈을 바라보며 무슨 말인지를 헤아려보려고 노력한 끝에 복장이 충분하지 않다는 지적임을 알았다. 따갑다는 것이었다.

그렇게 입으면 가시가 들어간다.

가시?

하여간 바짓단은 양말 밖으로 빼야 하고 그 위에 장화를 신으라는 충고였다. 노부인이 신발장을 뒤져 내준 고무장화를 신고 시키는 대로 셔츠도 한 겹 더 입고 보니 몸이 묘했다. 오제도 오제의 어머니도 어느 틈엔가 비슷한 복장에 장화를 갖춰 신고 마당에 나와 있었다. 오제의 어머니는 밀짚모자까지 준비해 머리에 쓰고 있었다. 나는 그녀가 내미는 장갑을 받아 주머니에 넣었다.

고추밭까지는 차를 타고 이동했다. 보통은 아주머니가 자전거로 오간다던 그 길은 예상했던 것보다 길고 멀었다. 차로 이동해도 십 분쯤 걸리는 거리였다. 반듯하고 좁은 농로를 따라 차를 몰아가는 길에 햇볕에 잘 마른 시골집들을 보았다. 동네가 아주 조용하다고 말하자 아주머니는 여태 그랬지만 최근엔 여름이 되면 도시에서 피서객들이 몰려온다고 말했다. 개네들이 와서 돈 좀 쓰고 가겠네요, 라고 오제가 말하자 개네들이 와서, 쓰레기를 버리고 간다, 라고 아주머니는 무뚝뚝하게 말했다.

고추밭은 완만한 비탈이었다. 뒤쪽으로는 나지막하게 솟은 산이었고 앞으로는 추수를 앞둔 농지가 노랗게 펼쳐져 있었다. 유럽식으로 울타리를 두른 전원주택 앞에 차를 세워두고 자루를 챙겨서 고추밭으로 올라갔다. 밭, 이라는 말을 듣고 별다른 맥락도 없이 만만한 규모일 거라고 생각했는데 그렇지 않았다. 오후 내내 작업을 해도 절반이나 딸 수 있을까, 싶을 정도로 넓었다. 아주머니가 고추 따는 요령을 알려주었다. 고추를 잡지 말고 꼭지를 잡아라, 라고 진지하게 일러주는 말을 듣고 비실비실 터지려는 웃음을 참고 있다가 야, 잘 보라며 등짝을 얻어맞았다. 멀쩡하지 않은 고추가 섞여 있으니 잘 보고 자루에 넣어야 한다는 것이었다.

봐라, 하며 뒤집어 보이는 고추에 검은 구멍이 뚫려 있었다. 이것도, 이것도, 하며 뒤집어 보이는 고추마다 갈색이나 회색 얼룩이 번져 있었다. 앞쪽은 멀쩡해 보였는데 그렇게 일그러진 뒤쪽을 보니 섬뜩했다. 왜 이렇게 되었냐고 묻자 병든 것이라고 아주머니는 말했다. 고추가 너무 촘촘하게 자랐다. 본래는 고추 묘목을 심고 솎아줘야 하는데 일손이 달려 그것을 못하고 있다가 병이 번졌다는 것이었다. 과연 고추 농사에 관해 잘 모르는 내가 봐도 고추 덤불은 이랑마다 우북했다.

먹어도 되나요?

멀쩡한 것은 먹어도 된다.

아주머니는 깨를 턴다며 언덕을 넘어가고 오제와 오제의 어머니와 내가 고추밭에 남아 고추를 따기 시작했다. 손을 넣기가 어려울 정도로 빽빽하게 자란 줄기를 뒤집어가며 멀쩡하게 파란 것만 자루에 넣는 틈틈이 빨간 것은 따로 모아두었다. 자꾸자꾸 자루를 채우는 재미가 있었다. 따는 요령이 붙은 뒤로는 몰입해서 이랑을 오가며 고추를 땄다. 정신없이 따다가 허리를 펴면 오제가 고추 덤불을 향해 등을 구부리고 있거나 비탈에 선 나무를 바라보며 서 있는 모습이 보였다.

*

많이 땄냐.

오제의 어머니가 내 자루를 들여다보며 말했다. 그녀가 하나, 오제가 하나, 내가 하나, 허리 높이로 올라오는 자루를 각자 한 개씩 채우고, 공동으로 한 개를 더 채우고 나니 해 저물 무렵이었다. 오제와 나는 고추 따는 데도 질려서 감을 따보기로 했다. 고추밭 뒤로 나지막하게 올라온 산으로 이동했다. 본래도 언덕이나 다름없이 완만한 산이었던 것을 밭으로 사용하느라고 자락을 깎아내고 다듬어서 정수리만 남은 산이었다.

오제가 주의깊게 바닥을 살피고 돌아다니더니 끝부분이 Y자로 갈라진 대나무 장대를 주워 왔다. 누군가 쓰고 버린 듯했다. 나는 산 정상에서 흘러내린 빗물 덕에 만들어진 가파른 도랑 양쪽으로 두 발을 벌리고 섰다. 물살에 휩쓸렸다가 도랑에 박혀버린 돌들 위로 검고 파랗게 젖은 이끼가 돋았고 그 위로 작년 재작년 올해의 갈잎이 쌓여 있었다. 잘못 디뎌 미끄러지면 썩은 돌 모서리에 얼굴을 뭉갤지도 몰랐다. 조심을 하라고 오제가 거듭 당부하는 말에 알았어, 라고 대꾸하며 장대를 치켜들었다. 갈라진 틈에 감꼭지를 끼우고 비틀면 감이 똑, 떨어진다는데 잘 되지 않았다. 장대를 내리고 발을 옮겨 디뎠다. 장대는 버려진 이유가 있었다. Y자로 갈라진 끝부분에서 한쪽 팔이 부러져 꼭지를 제대로 잡지 못했다. 장대를 버리고 부근에 흩어진 나뭇가지를 골라 쥐고 감을 향해 뻗어보았으나 길이가 모자라거나 너무 넘쳐 무거웠다.

조심해.

긴 것을 휘청휘청 휘두르다가 오제가 적당한 나뭇가지를 찾아온 뒤로는 알맞게 감을 따기 시작했다. 장대 탓인지 솜씨 탓인지 가지에서 떨어진 감은 장대 끝에 좀처럼 걸리지 않고 곧바로 바닥으로 낙하해서 터져버렸다. 멀쩡하게 떨어지더라도 비탈을 타고 아래쪽으로 데굴데굴 굴렀다. 재미있다고 나는 열심히 감을 따고 오제가 비탈을 오르내리며 감을 모았다. 감으로 자루를 반쯤 채운 뒤로는 은행을 줍기 시작했다. 벌써 전에 바닥으로 떨어진 은행알은 낙엽에 묻혀 푹신하게 썩어 있었다. 오제의 어머니가 조언하는 대로 장갑을 낀 손으로 노랗게 물크러진 껍질을 한번씩 문댄 뒤 열매는 봉지에 담았다. 즙이 묻은 손으로 바닥을 훑다보니 도깨비바늘이 장갑에 새까맣게 달라붙었다. 노부인이 걱정하던 가시란 이 가시를 말하는 듯했다.

좀 앉자, 오제가 가시 돋은 장갑을 벗으며 말했다.

은행이나 밤 가시 위로 앉지 않도록 바닥을 살피고 경사면에 자리를 잡고 앉았다. 추수 직전의 논이 펼쳐져 있었다. 그 너머로는 차도 별로 오가지 않는 신작로였고 해는 이제 막 저물기 시작해서 전봇대며 산이며 나무 그림자들이 조금씩 길어지고 있었다. 오제와 나란히 앉아서 논을 바라보며 감을 나눠 먹었다. 감은 차고 달았으나 좀 아렸

다. 옛날 옛적의 할머니 저고리맛이 난다고 말하자 그건 무슨 맛이냐
며 오제가 어리둥절한 얼굴로 나를 보았다. 오제의 어머니는 이만하
면 됐다, 하면서도 고추밭 이랑을 오가며 자루를 채우고 있었다. 밤나
무, 은행나무, 감나무, 소나무, 다종하게 번진 나뭇가지 어딘가에서
끼득끼득 새가 울었다. 저편 어딘가에서 오제의 아주머니가 깨를 터
는 소리가 들려왔다.

*

　이상한 기억이 있다며 오제는 이런 이야기를 들려주었다.
　어릴 때였는데 말이야.
　내가 해 지기 직전까지 놀다가 집으로 돌아갔거든. 문이 잠겨 있더
라. 나는 열쇠를 가지고 있지 않았어. 손발도 더럽고 배도 고프고 날
도 추워서 빨리 안으로 들어가고 싶은데 열쇠가 없는 거야. 야 그럴
땐 정말 죽겠지 않겠냐. 이 문만 통과하면 내 것이 다 있는데, 내가 아
는 것들, 따뜻하고 거칠거칠하거나 부드럽거나 각이 지거나 닳은 것
들, 내 머리 냄새가 밴 베개 같은 것들이 전부 있는데, 엄지보다도 짧
은 열쇠 하나가 없어서 안으로 들어가지 못하는 상황이란 말이야. 아
홉 살 때쯤이었을 거다. 야 너는 그 무렵에 네가 뭘 보았고 뭘 생각했
는지 기억하고 있냐? 나는 거의 잊어버렸어. 하지만 이날 그 순간에
관한 기억은 생생해서, 색도 냄새도 기온도 생생해서 오히려 정말 있
었던 일인가, 의심하게 되는 거야. 들어봐라, 나는 열쇠를 기다리며
창 앞에 서 있었거든. 유리창이었고 안쪽엔 커튼이 걸려 있었다. 파란

색이었어. 그게 늘어지고 주름져 있던 방식, 유리를 통해 그게 어떻게 보였는지, 그런 게 너무 선명하게 기억나는 거야.

나는 그 커튼에 가려진 것들이 무엇인지 그것들이 어디에 놓여 있는지 그 자리에서 모조리 그려낼 수도 있었어. 해는 지고 있었고 날은 더욱 추웠고 나는 태연한 척했지만 실은 안으로 들어가지 못해 안달하고 있었어. 그때 말이지, 그때, 시계가 울었다. 집 안에서 말이야, 울리기 시작했던 거야. 정수리에 누름 버튼이 솟아 있는 커다란 사발 시계였는데 그건 언제나 창문 앞에, 텔레비전 위에 놓여 있었다. 그게 울리기 시작했던 거다. 나는 놀랐다. 손쓸 수 없는 상태로 바깥에서 들으니 그건 정말로 크고, 따갑고, 숨가쁘고, 무척, 찔러대는 듯한 소리였다. 빨리 그걸 끄지 않으면 큰일이 벌어질 듯했고, 빨리, 빨리 끄지 않으면 윗집에서 누군가 내다볼 듯했고, 동네 사람들이 몰려와서 욕을 해대며 내가 사는 집에 돌덩이 같은 것을 던질 듯했고, 빨리, 그 사람들이 내 부모에게 방을 비워달라고 말할 것 같았어. 하여간 소리가 대단해서, 저렇게 크게 울다가 건전지가 닳으면 죽어버릴 거라고 생각했는데 그건 언제까지나 울고 있었다. 나는 땀을 흘리며 벽을 바라보고 있었어. 벽 너머에 그 시계가 있었다. 나는 그게 생물인 것처럼, 야비하고 잔인하게 나를 놀려대는 생물인 것처럼 증오하면서 벽을 향해 서 있었거든. 삼십 분 정도를 그러고 있다가, 어쩌면 뭐 더 짧거나 긴 시간이었는지도 몰라, 그냥 팔을 뻗었다. 뭐가 어떻게 된다는 생각도 없이 무작정 뻗고 계속 뻗어서, 벽에 팔을 넣고 벽 너머를 더듬어서 시계를 찾아낸 거다.

벽에 구멍을 뚫은 것이냐고 묻자 오제는 벽에 구멍을 뚫은 것은 아니라며 고개를 저었다. 그저 버튼을 눌러서 시계를 꺼버린 다음, 팔을 빼냈을 뿐이라는 것이었다.

그러자 조용하더라. 시계는 잠잠해졌고 벽은 어디까지나 멀쩡했다. 나중에 집으로 들어간 뒤에 곧장 시계를 확인해보았는데 그건 창가에 놓여 있었고 틀림없이 버튼이 눌려 있었거든. 내가 그걸 눌렀다고 말해도 부모님은 무슨 말인지 알아듣지 못하는 것 같더라. 거짓말이라고 하더라. 나더러 꿈을 꾸었다고 말하더라. 공상이 지나쳐서 일어날 수 없는 일을 일어났다고 믿게 된 거라고 하더라. 하지만 나는 도저히 그렇게 생각할 수 없었다. 왜냐하면, 선명하거든. 지금도 이렇게 말이지.

너무 선명하거든, 하며 오제는 멍한 얼굴로 앞을 보았다.

나 소피본다.

오제의 어머니가 고추 덤불 속에서 외쳤다.

비행기 한 대가 저물 무렵의 대기를 굵게 긋고 지나갔다. 오제와 나는 새를 보고 있었다. 비둘기를 닮았는데 도시에서 보던 비둘기와는 다르게 색이 부드럽고 몸집은 조금 더 커 보이는 새들이 농수로 부근에 떼로 내려앉았다가 나뭇가지로 돌아가길 반복하고 있었다. 나는 오제에게 요즘 어려운 일이 있느냐고 물었다.

어려운 일?

이렇게 반문한 뒤 오제는 은행 즙이 묻은 손 대신 팔뚝으로 얼굴을 문댔다.

특별하게 어려운 일이랄 게 뭐 있냐, 사는 게 다 그렇다.

아까는 왜 그랬냐.

아까?

옥상에서 말이다, 엄마가 속상했겠더라.

그랬냐, 라면서 오제는 다시 얼굴을 비볐다.

속상한 건 나도 마찬가지지. 엄마가 자꾸 속 모르는 소리를 하니까. 나 말이다, 실은 여기 내려온 목적이 있었거든.

목적?

시골에서 살면 좀 나을까 싶어서 알아보러 내려온 거거든. 나, 도시에서 사는 건 이제 싫다. 육 개월 단위로 계약서 써가며 일해봤냐. 사람을 말린다. 옴짝달싹 못하겠어. 마땅하지 않은 일이 생겨도 직장에서 한마디 할 수 있기를 하나. 눈치만 보게 되고 보람도 없다. 계약서 갱신할 날이 다가오면 가슴만 이렇게 뛴다. 다 때려치우고 이런 곳에서 한적하게 살아볼까 싶었는데 만만치 않네. 시골에서도 뭐가 있어야 산다잖냐. 내가 참, 뭐가 없는 놈이구나, 이런 생각만 들고, 괜히 왔다.

오제의 어머니가 작업복 바지를 끌어올리며 고추 덤불 틈에서 일어섰다.

오제와 나는 고추밭 주인이 깨를 담은 자루를 메고 고추밭 가장자리로 들어서는 모습을 지켜보았다. 오제가 먼저 일어났고 나도 일어나서 엉덩이를 털고 고추밭으로 내려갔다. 그새 오제의 어머니 혼자서 반 자루를 더 채워, 고추를 담은 자루가 도합 다섯이었다. 은근하게 무거운 자루들을 차로 나른 뒤 양회로 반듯하게 길을 낸 수로에 고인 물로 손을 씻었다. 누군가 은행을 행군 듯 차고 맑은 물속에 물컹물컹하게 찢어진 노란 껍질들이 잠겨 있었다.

*

고추 자루와 은행과 감을 싣고 노부인이 기다리고 있을 집으로 돌아가는 길이었다. 무엇보다도 깨냄새로 차 속 공기가 매웠다. 고추밭 주인은 깨를 털려고 그 비탈에 준비를 해둔 것이 수주 전이었는데 오늘에서야 말끔하게 털었다며 속이 시원한 듯 말했다. 돌아가는 길에 공장에도 들러보자고 그녀는 말했다.
무슨 공장이요?
내 동생 공장.
죽은 사람의 공장이 근처에 있다는 것이었다.
거기 옆이 밭인데, 호박이 많아.
고추밭에서 공장까지 다시 십 분을 차로 이동했다. 쇄석이 깔린 평지에 차를 세우고 콩밭 사이로 난 좁은 길을 따라 걸어갔다. 그 길로는 오가는 사람이 별로 없는 듯 바닥에 가느다란 풀이 잔뜩 자라 있었다. 여긴 멀어서 잘 와보지도 못한다고 고추밭 주인이 말했다. 바닥을 주의깊게 살피며 걷다가 거의 말라가는 덩굴을 뒤져 불쑥불쑥 호박을 따서 내게도 하나, 오제에게도 하나, 오제의 어머니에게도 하나씩 건네주었다. 토끼장 앞을 지난 곳에 가건물이 있었다. 태평오곡공장이라고 적힌 알루미늄 간판이 새것인 듯 외벽에 박힌 건물이었다. 고추밭 주인이 자물쇠를 따고 안을 열어 보였다. 깨끗한 공장이었다. 천장이 높았고 곳곳에 마련된 선반 위로 오곡을 포장할 박스와 자루들이 새것인 채로 단정하게 쌓여 있었다. 포장도 뜯지 않은 기계들 틈에서 톱밥과 종이와 묵은 곡물 냄새가 났다. 다 새거야, 라고 고추밭 주인은 말했다.

우리 남동생이 이거 준비하다가 죽었다.

그랬어요?

다 만들어놓고 갑자기 죽었어.

아까워라.

버리지도 못하고, 내가 이렇게 쌓아뒀다.

아까워서 어떻게 돌아가셨을꼬, 이 많은 걸 두고.

오제의 어머니가 감탄하며 공장을 둘러보는 동안 오제는 쪼그리고 앉아서 기계 박스에 적힌 문구를 유심히 들여다보고 있었다. 나는 하릴없이 오제 곁에 서 있다가 공장 바깥으로 나와 토끼장 앞을 어슬렁거렸다. 녹슨 토끼장에 토끼 다섯 마리가 남아 있었다. 누군가 들러먹이를 주고 간 듯 신선한 배춧잎과 무청이 창살에 끼워져 있었다. 토끼들은 배춧잎을 씹으며 나를 노려보았다. 배설물로 노랗게 착색된 발로 바닥 창살을 딛느라고 발가락들이 벌어져 있었다. 평평한 바닥 같은 건 평생 디뎌보지 못한 발이었다. 벌써 서너 번은 찢어진 듯 발가락 사이가 붉게 물들어 있었다. 나는 토끼장을 등지고 공장을 향해 섰다. 이 모든 것들의 주인이었던 남자가 문득 궁금했다. 병들어 썩을 정도로 많은 열매를 두고 죽은 수줍은 남자, 그의 누이가 묵직한 자루를 끌고 공장 바깥으로 나왔다. 그녀는 한 차례 더 공장 안으로 들어갔다가 이전 자루와 별로 다를 것 없어 보이는 자루를 하나 더 끌고 나왔다. 오제의 어머니가 따라 나와서 자루 속을 들여다보았다. 나는 얼른 다가가서 자루들을 차로 날랐다. 등에 얹힌 촉감이 딱딱하고 울퉁불퉁했다. 뭔가 큰 덩어리들이었다. 고구마와 호박이 담겼다고 고추밭 주인은 말했다. 근처 밭에서 작업했는데 둘 곳이 없어 여기 모아뒀다는 것이었다. 이것도 가져가, 라고 그녀는 말했다. 이걸 전부 어떻게 가져가느냐고 오제의 어머니가 사양하자 그녀는 가져가, 라고 말했다.

다 가져가. 여긴 먹을 사람도 없다.

*

어둑할 무렵 고추밭 주인의 마당으로 돌아갔다.

노부인이 김을 구워두고 기다리고 있었다. 오후와 다름없는 장소에서 밥을 먹을 예정이었다. 고추밭 주인은 자기 어머니를 할머니, 라고 부르며 상을 차렸다. 이건 할머니 밥, 이건 내 밥, 이건 자기 밥, 이건 니들 밥, 하며 건네주는 밥공기를 받아서 기름을 반질반질하게 바른 김으로 밥을 싸서 먹었다. 노부인은 자기 밥은 내버려두고 의자들 뒤로 돌아다니며 접시의 사정을 살폈다. 콩장이 떨어지면 콩장을 채우고 두부부침이 떨어지면 두부부침을 채우고 나물이 떨어지면 나물을 보충하고 김이 떨어지면 그 자리에서 김을 잘라 접시에 얹었다. 탁자 구석에 놓인 바구니엔 할머니의 간식이라는 사탕과 캐러멜이 수북하게 담겨 있었고 그 주변으로 액자와 꽃바구니가 놓여 있었다. 할머니, 생신을 축하합니다, 오제의 어머니가 액자에 적힌 문구를 읽었다. 할머니, 선물 받으셨네, 라고 그녀가 말하자 고추밭 주인은 아니 그건 내 거라며 자신이 받은 선물이라고 대답했다.

거실 창이 새까맸다.

콩밭과 배추밭을 향한 창엔 불빛 한 점 떠 있지 않았다. 그저 막막하게 닫혀 있을 뿐이었다. 거대한 무언가가 말할 수 없도록 검은 눈을 유리창에 찰싹 붙이고 안을 들여다보고 있는 듯했다. 무게로도 밀도로도 도시의 밤과는 다르게 닥쳐온 밤 속에서 개들이 짖었다. 신통한 개들이라고 고추밭 주인이 말했다. 불행한 소식이 들려오기 전에 반드시 운다는 것이었다. 동생이 죽을 때도 개들이 울었다고 그녀는 말했다. 그녀의 수줍은 동생은 한겨울에 갑자기 쓰러져서 일주일을 의식이 불명한 상태로 입원해 있었는데 그가 죽은 날, 새벽부터 두 마리가 허공을 향해 길게 울었다는 것이었다. 추운 게 싫었나보죠, 오제가 퉁명스럽게 말했고 오제의 어머니와 고추밭 주인은 그 말을 못 들은 척했다. 노부인이 김을 사각사각 잘라서 접시에 올렸다.

집이 팔리면 어떡해요.

오제의 어머니가 물었다.

할머니하고 공장에서 살지.

고추밭 주인이 말했다.

오면서 공장 봤잖아. 할머니하고 둘이서 살 거다.

추워서 어떻게 살아요.

난로 때고, 어떻게든 산다. 거기가 생각보다 따뜻하거든. 그보다 집이 안 팔려.

그래요?

사려는 사람이 없다. 이 집 내놓은 게 일 년 전인데 보러도 안 와.

그렇게 사람이 없나.

살 사람이 있나. 일억육천이면 도시에서 집 사려는 사람들한텐 거저라도, 여기엔 그만한 돈 가진 사람이 없다.

이 집 팔아서 뭘 한대요.

오제의 어머니가 물었다.

글쎄 뭘 한다나 사업을 한다나.

아주머니가 말했다.

지랄하고.

노부인이 말했다.

늦게 팔려라.

오제의 어머니가 말했다.

늦게 팔려라.

노부인이 말했다.

*

더 늦기 전에 출발하기로 하고 마당으로 나섰다. 고추밭 주인이 전구를 켜서 마당을 밝혔다. 고추며 감이며 고구마며 호박이며 그 많은 자루를 싣고 보니 차가 눈에 띄게 가라앉았다. 타이어 아래쪽이 빵빵하게 눌려서 못이라도 박히는 날엔 속절없이 터질 것 같았다. 누군가 내 팔뚝을 톡, 톡, 두드렸다. 노부인이 내 얼굴을 바짝 들여다보고 말했다.

자고 가.

밥 줄게.

누군가 도와줬으면 해서 둘러보았지만 오제도 오제의 어머니도 짐을 확인하느라고 바빴다. 뭐라 대답해야 할지 몰라 서 있다가 다음에 와서 자고 갈게요, 라고 말했다. 몇 겹으로 왜곡된 안경 속에서 노부인의 눈이 슬프게 일그러졌다.

다음에 오냐.

네.

정말로 오냐.

네.

나 죽기 전에 정말로 올 테냐.

……

오긴 뭘 오냐 니가, 라고 토라진 듯 중얼거리는 노부인 앞에서, 안 하느니만 못한 말이자 약속도 아닌 약속을 해버린 나는 얼굴을 붉혔다. 오제의 어머니가 자동차 뒷좌석에서 머리를 내밀더니 할머니, 우리 이제 간다고 말했다.

고추밭 주인은 마지막으로 헛간 벽에 널어 말리고 있던 시래기를 한 두름 걷어서 가져왔다. 아무에게나 나누어주는 것이 아니라며 한사코 거절하려는 오제 어머니의 무릎에 시래기 두름을 던진 뒤 차문을 닫고 뒤로 물러났다. 돌을 튀기며 마당을 빠져나가는 동안 나는 내 무릎을 바라보았다. 얼마쯤 멀어진 뒤에야 사이드미러를 통해 보니 아흔 살 노부인이 조그맣게 마당에 서서 이쪽을 보고 있었다.

*

돌아가는 길은 그다지 막히지 않았다.

앞서가는 차도 드문 캄캄한 고속도로에서 상향등을 켜거나 하며 달렸다.

오제는 자꾸 제한속도를 넘겼다. 좀 줄여라, 라고 말하면 줄였다가도 멍하게 시속 백이십 킬로미터를 넘기고 백삼십 킬로미터를 넘겼다. 오제의 어머니는 진작에 잠들어서 자루에 기댄 채 코를 골고 있었다. 자루들의 무게로 납작하게 가라앉은 채로 달렸다. 차 속이 적막했다. 오제는 라디오를 틀어두고 뉴스를 들었다. 모레쯤엔 이른 한파가 밀어닥칠 것이다. 도로 교통 상황은 순조로웠다. 부동산 거래는 줄었고 경기는 여태도 침체중이었다.

오제는 정책자들을 비난했다. 이 나라 경제는 어디까지나 부동산 거래가 활발해야 사는데 정책을 잘못 써서 부동산 경기가 침체, 결국은 전반적 경기도 침체, 라는 것이었다. 우리 회사에도 아파트값 떨어져서 죽상인 사람이 많다, 라고 오제는 말했다.

해가 갈수록 아파트도 낡을 테니까 값이 떨어지는 게 당연하지 않느냐고 내가 묻자 너는 참 경제관념이라는 게 없다, 라고 오제는 정색을 했다.

별세계에서 왔냐, 어떻게 그런 걸 모르냐. 헌 아파트가 비싼 이유를 내가 말해줄까. 봐라, 옛날에 지어진 아파트들은 상권 개발의 여지가 있기 때문에 기대치가 있다, 알겠냐, 값이 오를 수밖에 없는 거다. 요즘 지어지는 주상복합 형태의 비싼 아파트들을 봐라. 개네들은 세월

이 흐를수록 값이 떨어지게 되어 있다. 이미 상권이 포화 상태로 개발되었거든. 더는 개발될 여지가 없거든.

그게 경제다, 라고 오제는 힘주어 말하고 있었다.

그러냐고 대꾸하고 더는 말하지 않았다. 커브를 도는 참이었다. 뒷좌석과 트렁크에 빈틈없이 실린 자루들의 무게 때문에 차가 한방향으로 크게 기울었다. 내 왼쪽 어깨와 오제의 오른쪽 어깨가 닿았다. 오제는 문득 또렷했던 모습에서 피로한 모습으로 돌아가 운전대를 잡고 있었다.

목적지에 가까워질수록 차들이 불어나 속도가 줄었다. 라디오 디제이가 월식 소식을 전하고 있었다. 칠십 년 만의 완전한 월식이 내일 밤에 있을 예정이라며 자정 넘어 꼭 하늘을 보라고 그는 말했다. 나는 잠자코 조수석에 앉은 채로 월식을 생각했다. 한 번도 그걸 본 적이 없었다. 보자고 굳게 마음을 먹어도 언제나 잊었다. 이번에야말로, 라고 나는 다짐했으나 막상 그 시간이 되면 내가 어디서 무엇을 하고 있을지, 나도 알 수 없었다.

피곤한데 이상하게 잠이 오지 않아 눈을 부릅뜨고 있었다.

*

톨게이트의 불빛이 보일 때쯤이었다.

오늘밤에 월식이 있을 예정이라고 오제가 말했다.

양
의
미
래

그 서점은 낡은 아파트 단지에 있었다.

지상으로 두 층밖에 되지 않아 납작하고 밋밋한 케이크처럼 보이는 상가 건물의 지하층을 사용하는 가게였다. 지하층 전부, 라서 비교적 큰 규모였는데 위치가 외졌고 상가 자체가 쇠락해 개점 초반엔 손님이 별로 없었다. 서점 주인은 지하로 내려오는 계단 곁에 입식 간판을 세우고 이백 개나 되는 실내등을 전부 밝혀 영업을 알렸다. 밤이 되면 계단을 타고 번진 지하층의 불빛이 멀리서도 환하게 보일 정도였다. 그 불빛을 보고 가로수 밑을 걸어온 사람들이 지하로 내려와 책을 뒤적이다가 한두 권씩 사 들고 가는 일이 생기면서 손님은 조금씩 늘어갔다.

나는 그곳에서 주로 계산대 일을 보았다. 한가할 때는 장갑을 끼고 서가를 정리하거나 재고 목록을 작성하거나 걸레로 바닥을 닦았다. 그것도 저것도 마치고 나면 계산대로 돌아가 가게 입구를 바라보았다. 맑은 날도 우중충한 날도 여섯 폭짜리 유리 너머에 있었다. 나쁘지 않은 환경이었다. 나는 서점에서 일하는 게 좋았다. 당시엔 그걸 깨닫지 못했지만 그랬다. 지상을 향해 부채꼴로 퍼진 계단을 올라가면 벚나무가 있었고 공중전화 부스가 있었고 그것에 조명을 비추듯 가로등이 서 있었다. 봄이 되면 가로등 곁의 벚나무가 가장 먼저 개화했다. 꽃이 질 무렵의 밤엔 떨어지는 꽃잎들이 은백색으로 빛났다. 계산대에서 그 광경이 다 보였다. 한 장 한 장이 공중에서 수십 번 뒤집어지며 떨어져내렸다. 그 시기엔 서점으로 내려오는 계단 곳곳에 점을 찍은 것처럼 꽃잎이 흩어져 있었다. 꽃잎은 돌풍이 불면 구석진 곳에서 소용돌이치며 날아올랐다. 진주라는 여자아이가 서점 부근에서 실종되었던 것도 그럴 무렵이었다.

*

나는 어렸을 때부터 일을 했다. 중학교에 다니던 때나 고등학교에 다니던 때를 생각하면 어딘가에서 일하고 있는 순간들이 먼저 떠오른다. 햄버거 체인점, 패밀리 레스토랑, 도서대여점, 거리에서 전단을 붙인 적도 있었고 주말엔 마트 모퉁이에 서서 시식용 새우를 튀겼다. 언제나 일하고 있었네. 나는 얼마 전에야 그걸 알았다. 억울하다거나 아깝다고 생각하지는 않는다. 그랬네, 정도로 잠깐 깨닫고 마는 것이다.

일하다가 같은 학교에 다니는 동급생이나 또래와 마주치면 부끄러웠다. 부끄러웠어도 대수롭지 않다고 여길 수 있는 부끄러움이었다.

그런 부끄러움은 겪고 나면 잊었다. 잊을 수 있었다.

 일을 그만두고 싶을 정도의 수치심을 느낀 순간은 한 번이었다. 열일곱 살 때로 나는 아직 고등학생이었고 방학을 맞아 번화가에 있던 옷가게에서 일하고 있었다. 로망Roman이었나 로마Roma였나, 청동색 이탤릭체 간판이 달린 가게였고 값싼 천으로 만든 옷을 주로 파는 곳이었다. 이 가게에 오후가 되면 어김없이 들르는 손님이 있었다. 정장 차림에 늘 빈 듯한 여행 가방을 끌고 들어와서 옷걸이를 이리저리 뒤져보다가 나가는 여자였는데 한번은 내가 그녀를 상대해야 할 상황이 되었다. 검은색 스웨터와 흰색 스웨터를 두고 망설이는 듯한 그녀에게 나는 흰 쪽을 권했다. 따뜻한 색이라서 손님에게 잘 어울린다고 말하자 그녀는 양손에 스웨터를 쥐고 정색하며 나를 바라보았다. 흰색이 어째서 따뜻한 색이죠? 그녀는 내게 물었다. 흰색은 차가운 색이야, 아가씨, 차가운 색이라고. 백색은 한寒색, 미술시간에 못 배웠어요?

 나는 얼굴이 빨개졌다. 이미 빨개졌는데 더욱 빨개지는 것을 느끼며 그냥 서서 그녀를 바라보았다. 벌거벗고 선 기분이었다. 나의 무식이나 부주의를 창피한 방식으로 깨달아서가 아니었다. 아가씨, 라고 불렸기 때문이었다. 학생 아니고 아가씨, 그게 그렇게 부끄러웠고 왠지 모르게 눈물이 고였다. 나는 얼마 뒤 그 가게에 나가는 것을 그만두었고 다시는 돌아가지 않았다.

 내가 다닌 고등학교는 상업계였다. 졸업반이 되면 한 학급의 절반 정도는 취업으로 자리를 비웠다. 나는 학기초부터 자리를 비웠으니

빠르게 취업한 편에 속했다. 부기 성적이 좋았으므로, 라고 나는 생각했으나 내가 얻은 일자리는 사실 부기와는 거의 상관이 없는 자리였다. 창고형 할인마트의 계산대로, 물건을 이쪽에서 저쪽으로 옮겨가며 바코드를 찍고 가격을 부르고 손님의 신용카드를 받아 리더기에 긁은 다음 서명을 요청하는 일이었다. 나는 그곳에서 하루 열 시간씩 일했다. 매일 엄청난 양의 물건을 계산대 위에서 끌어당기거나 밀쳤고 엄청난 양의 사람들을 계산대 바깥으로 서둘러 내보냈다. 사소한 시비 끝에 계산대를 넘어온 손님에게 뺨을 맞거나 하는 일도 있었는데 자주 있는 일은 아니었다. 별다르게 기억할 일이 없었다. 버스시간을 맞춰야 한다는 조바심 정도를 기억하고 있다. 당시에 내가 타고 다녔던 버스는 배차 간격이 긴 노선이었다. 애매한 시간 차로 놓치면 삼십 분이고 사십 분이고 그냥 서서 기다려야 했고 나는 그게 싫어서 출퇴근시간엔 언제나 뛰었다. 밤엔 손발이 다 녹아내리는 것처럼 피곤했는데 잠이 오지 않았다. 잠자리에 누워 천장을 보고 있으면 어른 두세 명이 밟고 올라선 것처럼 가슴이 뻐근했다. 어느 날엔가 기침이 시작된 뒤로는 멈추지 않았다. 폐결핵 진단을 받고 잘리듯 계산대 일을 그만둔 것이 오 년째 되는 해였다.

병이 다 나을 때까지는 아무것도 하지 못하고 살을 찌우며 집에 머물렀다. 당시에 어머니는 이미 십 년째 간암 투병중이었고 아버지는 어머니의 간병과 집안일을 맡아보고 있었다. 아버지는 어머니를 돌보듯 극진하게 나를 돌보아주었다. 생활비가 부족하다거나 언제부터 일할 수 있겠느냐 하는 말은 한마디도 하지 않았다. 어머니나 아버지나 왜소하고 말이 없어 집이 고요했다. 그렇게 고요한 집에 드러누워 있으면 이 집 어딘가에서 내 부모가 일부러 숨을 죽이고 있다는 생각이 들었다. 그러면 나도 모르게 숨을 죽이게 되었다.

집에 머무는 동안엔 책을 몇 권 읽었다. 새로운 책을 사고 싶지는 않아서 있는 것을 몇 번이고 읽었다. 거실에 놓인 낡은 책장에 아버지의 책들이 있었다. 거기서 아무것이나 뽑아서 내 침대로 돌아와 읽었다.

가장 자주 펼쳐본 것은 서른다섯 나이에 강에 투신해 목숨을 끊은 소설가의 단편들이었다. 여러 소설가의 단편을 모은 책 안에 그 소설가의 단편 두 개가 실려 있었다. 초기에 쓴 것과 죽을 무렵에 쓴 것이었다. 첫번째 것은 간결하면서도 힘이 있었으나 두번째 것은 병신 같았다. 별것 아닌 것을 가지고 강박적으로 사로잡히고 울적해하고 비참해하다가 마침내는 더는 글을 쓸 만한 힘이 없다, 그런 상태로 살아가는 것이 괴롭다는 문장으로 마무리되고 있었다. 다른 내용은 전혀 기억나지 않는다. 읽을 당시에도 별 재미를 느끼지 못하면서도 그 두 개의 소설을 반복해서 읽었다. 소설가는 마지막 순간에 걱정되지 않았을까. 내가 죽을 때는 어떨까를 나는 생각했던 것 같다. 병신 같은 건 싫다고 생각했다. 특히나 마지막에 병신 같은 걸 남기고 죽는 건 싫다. 걱정이 될 테니까 말이다. 세상에 남을 그 병신 같은 것이.

병을 치료하고 기운을 회복하는 데 거의 일 년이 걸렸다. 다시 일자리를 알아보기 시작했을 때는 통근 거리를 염두에 두었다. 서점에서 일할 사람을 구한다는 광고를 보았는데 집에서 멀지 않은 곳이었다. 전화로 위치를 묻고 걸어서 찾아갔다. 개점을 준비하느라고 어수선하게 어질러진 입구에 한 시간쯤 앉아 있다가 그 자리에 앉은 채로 면접을 보았다. 까다로운 질문은 없었다. 오래 일할 수 있나? 네, 라고 나는 대답했다.

　이전 직장에 비해 서점은 좋았다.
　일단은 서점이라서 좋았다. 입은 흔적이 있는 팬티를 환불해달라며
내미는 마트 고객을 상대하는 것보다는 좋았다. 고양이도 있었다. 서
점으로 내려오는 계단 곁엔 관목이 자라는 화단이 있었는데 그 속에
고양이가 새끼를 낳았던 것이다.
　호재는 각각의 고양이에 시루, 인절, 콩이라고 이름 붙였다. 가장
까맣고 작은 새끼인 콩은 곧 죽을 것처럼 보였다. 호재는 콩의 눈곱을
떼어주고 체온이 돌아올 때까지 무릎에 올려두고 엄지로 몸을 문질렀
다. 고양이들이 비나 직사광선을 피할 수 있도록 관목에 우산을 얹어
둔 것도 호재였다. 닷새쯤 지나자 호재는 우산을 치워버리고 그 자리
에 플라스틱 상자를 놓아두었다. 나는 호재의 곁에서 그가 상자 바닥
에 방습용 비닐과 헌 옷가지를 깔고 새끼들을 넣어두는 것을 지켜보
았다. 호재는 마지막으로 우산을 다시 펼쳐 상자 위에 얹어두었다. 호
재와 내가 상자 곁을 떠나자 관목 틈에서 어미가 나타나 냄새를 맡고
돌아다니다가 상자 속으로 들어갔다. 이 고양이들은 서점을 오가는
사람들에게 관심과 사랑을 받았다. 해코지를 하려는 어린아이들도 있
었는데 호재는 그런 아이들에겐 험악하게 굴었다. 그들의 부모가 불
쾌하게 여길 것을 염려한 서점 주인이 고양이를 쫓아버리라고 불평하
고는 했지만 호재는 아랑곳하지 않았다. 그것 말고는 호재는 썩 훌륭
한 직원이었으므로 고양이들은 그대로 화단에 머물렀다.

하지만 호재는 고양이들보다 먼저 서점을 떠났다.

호재는 포기했던 학위를 받으려고 다시 학교에 다니기 시작했다. 대다수가 적어도 학사인 나라에서 학사도 받지 못한 남자는 곤란하다, 라는 것을 절감했다, 라고 호재는 말했는데 어떤 상황에서 그런 것을 절감했는지는 끝까지 말하려 들지 않았다. 무슨 일이 있었구나. 나는 다만 그렇게 생각했고 호재 때문에 조금 마음이 아팠다.

학교로 돌아간 호재는 정말 열심히 공부했다. 호재가 도서관에서 나올 무렵과 내가 서점에서 일을 마치고 퇴근할 무렵의 시간이 같아서 우리는 밤에 만났다. 둘 다 가진 돈이 없었는데 모텔에 가야 했다. 데이트 비용이 부족했다. 호재와 나는 둘이서 햄버거 한 세트를 나눠 먹는다거나 하는 방법으로 식비를 아꼈다. 때문에 데이트를 하는 동안엔 늘 배가 고팠다. 섹스를 하고 나면 더 배가 고파서 모텔 침대나 탁자에 잔돈을 늘어놓고 그걸로 뭘 먹을 수 있는지 계산해보고는 했다.

호재는 키가 컸고 침대 모서리 쪽으로 바짝 붙어 눕는 버릇이 있었다. 호재가 똑바로 누워 발을 뻗으면 침대의 한쪽 모서리가 꽉 찼다. 그렇게 자도 희한하게 침대에서 굴러떨어지는 일이 없었다. 호재는 정말 꼼짝하지 않고 잤다. 잠들기 전에 장난삼아 호재의 배에 베개를 올려둔 적이 있었는데 아침에 깨고 보니 호재는 여전히 베개를 배에 얹어둔 채로 자고 있었다. 호재의 곁에서 나는 몇 번인가 내 아버지 이야기를 했다. 묵묵히 어머니를 돌보는 아버지. 남성성이 완전히 사라진 듯한 모습으로, 아버지라기보다는 할머니 같은 모습으로 집안 살림을 하는 왜소한 체구의 아버지.

어머니가 이제 죽었으면 좋겠어.

아버지도.

이런 이야기를 내가 했을까. 내가 정말로 했을까. 둘 가운데 어느 이야기를 했고 어느 것을 하지 않았는지는 확실하지 않다. 둘 다를 하지는 않았어도 둘 가운데 하나는 했을 것이다. 평생 아이를 만들지 않을 거라고 내가 말했을 때 호재는 왜냐고 묻지 않았으니까.

호재는 남은 학기를 무사히 다닌 뒤 새로운 직장을 알아보러 다녔는데 잘 되지 않았다. 서류 심사와 면접을 거칠 때마다 의기소침해졌다. 한번은 사무직에 채용된 적이 있었으나 두 달을 채우지 못하고 그만두었고 그 일로 호재는 한층 더 시무룩해졌다. 좋은 일자리를 잡으려면 더 많은 것이 필요하다고 호재는 말했다. 자신의 이력엔 특별한 것이 아무것도 없다고 말했고 그것을 절감했다, 라는 말도 했다. 모텔 침대 위에서 호재는 난폭하게 다리를 꺾어가며 내 몸을 눌러댔고 나는 호재에게 짓눌리면서 호재의 얼굴을 살폈다. 호재가 졸라서 콘돔을 사용하지 않은 날도 있었는데 그러고 나면 호재는 나보다 더 불안해 보였다.

서너 달에 한 번은 서점의 재고를 정리하는 날이 돌아왔다. 컴퓨터에 기록된 재고 목록을 날려버리고 실제 책장에 꽂힌 책들을 하나하나 다시 기록하는 일로, 나 말고도 직원 셋이 동원되어 밤새도록 해야 하는 작업이었다. 월말 정산까지 겹치는 때도 있었는데 그날 밤이 그랬다. 나는 밤이 깊어서야 가방에 두꺼운 영수증 묶음을 넣은 채로 호재를 만나러 갔다. 호재는 모텔에서 기다리고 있었다. 밤을 새우다시피 일한 뒤라서 나는 호재가 내 위에 있는 동안 깜박깜박 졸았다. 어느 순간 호재가 멈췄고 호재의 턱인가 어딘가에 맺혔던 땀방울이 내 입으로 떨어졌다. 나는 놀라서 눈을 떴다. 뱃속에 퍼지는 한줌 온기를 느꼈는데 그 느낌이 몹시 섬뜩했다. 나는 호재를 손바닥으로 두드렸다. 하지 마.

하지 마, 라고 하면서 호재의 등을 찰싹찰싹 때리는 동안 호재는 멍한 눈빛으로 내 얼굴을 내려다보고 있었다.

그날 밤에 호재와 나는 다퉜다. 입 밖으로 꺼낼 생각이 없었던 말이 쏟아졌고 그 말 때문에 더 거친 말이 오갔다. 말하면서 스스로 놀라고 스스로 상처받게 되는 말들이었다. 그날의 거의 마지막 순간에 나는 욕실에서 신경질을 내며 훌쩍거렸다. 호재는 내가 그러고 있는 동안 침대 모서리에 앉아 죄를 지은 아이처럼 얼굴을 찡그리고 있었다.

호재와는 그뒤로도 계속 만나다가 서로 연락하지 않게 되었다. 어느 밤 영화관 앞에서 말다툼을 했는데 호재는 영화 티켓과 나를 내버려둔 채 뒤돌아 가버렸고 돌아오지 않았다. 그걸로 끝이었다.

나는 계속 서점에 다니며 호재의 고양이들을 돌보았다. 세 마리의 새끼 고양이는 다 커서 시루와 인절은 어디론가 사라지고 콩이 남아 있다가 인절이 새끼를 밴 채로 돌아왔다. 콩은 자매를 기억하고 있었는지 인절의 냄새를 맡으며 돌아다니다가 인절의 곁에 머물렀다. 인절의 새끼들이 태어나자 콩은 그들과도 별로 다투는 일 없이 잘 지냈다.

화단엔 늘 고양이가 몇 마리 있었다. 고양이들은 사라졌다가 다시 나타나고는 하며 밥을 먹고 갔다. 화단에서 밥을 먹고 자란 암컷들은 새끼를 배면 화단으로 돌아왔다. 어미 고양이와 새끼들. 그들이 대를 바꿔가며 어디론가 갔다가 돌아오곤 하는 동안 호재의 우산은 그대로 관목 위에 펼쳐져 있었다. 낡은 우산살 위로 우산 천이 말려 올라간 모습으로 말이다. 비가 내리면 나는 호재가 두고 간 우산 위로 빗방울이 튀는 소리를 들으며 입구에 서 있고는 했다. 호재는 이제 어디에 있을까. 잠버릇은 여전할까. 그 잠버릇을 알아채줄 여자친구를 사귀었을까. 특별히 내게 못해준 것도 아닌데, 호재가 다음 여자친구에겐 더 잘해줄 거라고 나는 생각했다.

맑은 날도 흐린 날도 유리 너머에 있었다. 햇빛은 하루중 가장 강할 때에만 계단을 다 내려왔다. 유리를 경계로 바깥은 양지, 실내는 어디까지나 음지였다. 수많은 형광등 불빛으로 서점은 좀 지나치다 할 정도로 밝았으나 조도가 질적으로 달랐다. 나는 뭐랄까, 창백하게 눈을 쏘는 빛 속에서 햇빛을 바라보는 일이 많았다. 어느 날의 일인지는 분명하지 않다. 오후에, 유리를 통해 노랗게 달아오르고 있는 계단을 바라보다가 저 햇빛을 내 피부로 받을 수 있는 시간이 하루중에 채 삼십분도 되지 않는다는 것을 알았다. 햇빛이 가장 좋은 순간에도 나는 여기 머물고 시간은 그런 방식으로 다 갈 것이다. 다시는 연애를 못할지도 모르겠다고 생각했다. 그런 기회를 더는 상상할 수 없었다.

서점엔 아침부터 저녁까지 일하는 직원이 넷이었고 오전과 오후에 일하는 아르바이트 직원들이 있었다. 서점 주인은 채용 정보를 인터넷 커뮤니티에 올렸다. 그걸 보고 더 좋은 직장에서는 아마도 자신을 받아주지 않을 거라고 여기는 아이들이 왔다. 멍한 눈길로 사방을 둘러보고 시키지 않은 일은 하지 않고 실수해서 혼을 내도 특별하게 더

주눅드는 기색 없이 다만 물끄러미 이쪽을 보는 아이들. 그런 아이들은 급여를 받고 나면 이튿날엔 출근을 하지 않고 연락도 되지 않는 경우가 많았다.

재오는 나보다 두 살이 어렸는데 명문대를 졸업한 고시생이었다. 본격적으로 국가고시를 준비하기 전에 용돈이나 벌려고 서점에 들어왔다고 그는 말했다. 서점 근처의 아파트에 산다던 그는 처음엔 오전 아르바이트로 일하다가 두 달이 지난 뒤부터는 오후에도 일했다. 쾌활한 편이었는데 말하다보면 이상한 방식으로 대화가 꼬였다. 재오는 아무것도 주의깊게 듣지 않았다. 하지 않은 걸 했다고 대답하거나 한 것을 하지 않았다고 대답하는 일도 많았다. 자기가 모르는 것에 관해서도 안다고, 자기가 아는 것이 옳다고 무섭게 고집을 부리다가, 결국은 몰랐고 틀렸다는 게 증명되면 여태까지의 고집이 다 장난이었다는 것처럼 그런가보네, 하고 말았다. 재오에게는 지렛대처럼 생긴 전용 커터로나 끊을 수 있는 두꺼운 밴딩끈을 얇은 커터로 수백 번씩 긁어서 마침내는 끊고 마는 집요함이 있었고, 그 와중에 소중하거나 두려운 것이 없다는 듯 피복이 벗겨진 전선에 아무렇게나 손을 대는 둔감함, 어떤 마비 상태 같은 것이 있었다. 나는 그런 것을 매일 곁에서 지켜보고 접하는 게 섬뜩했다.

누나.

어느 날은 재오가 내게 다가와 말했다.

여기 창고가 실은 통로라는 거 알고 있어요?

서점에서는 서점에 딸린 지하실을 창고로 사용하고 있었다. 서쪽 귀퉁이에 안쪽으로 열리는 작은 문이 있었고 그 문으로 들어서서 곰팡내 나는 계단을 내려가면 펼쳐지는 공간이었다. 지하층의 지하랄까. 서점의 지하였으므로 서점의 면적만큼 넓은 공간이었고 그건 곧 상가 전체의 면적만큼 넓다는 의미였다. 높은 천장엔 굵은 파이프들이 기하학적인 형태로 얽혀 있고 내벽들은 페인트칠도 되어 있지 않은 상태로 시멘트 마감을 노출하고 있었다. 재오는 그 공간이 낡고 거대한 아파트 단지의 구석구석을 관통하는 지하터널의 일부라고 말했다. 상가를 관리하는 아저씨에게 들은 이야기라는 것이었다. 한쪽 벽이 나무판자로 되어 있는데 그 판자 너머로 거대한 터널이 이어져 있다는 이야기였다. 전쟁이 나거나 유사한 상황이 벌어질 경우 아파트 단지의 주민들이 모두 그곳으로 대피할 수 있도록 만들어둔, 규모의 지하터널. 다 연결되어 있어.

대피소야 대피소, 라고 말하며 재오는 낄낄거렸다. 그게 왜 우스운지, 왜 웃는지 알 수 없어 바라보자 재오는 알 만하다는 듯 고개를 끄덕이며 나를 보다가 자기가 하던 일로 돌아갔다.

창고 안에선 어디서 불어오는지 알 수 없는 바람이 불었다.
고밀도의 포자가 느껴지는 냉랭하고 습한 바람이었다. 재오의 이야기를 들은 뒤로 나는 그 바람이 터널로부터 불어오는 바람이라고 생각했고 그가 말한 안쪽 벽 앞에 서서 귀를 기울여보기도 했다. 바람은 정말 그 벽에서 불어오는 것 같았다. 주먹으로 두드리면 소리가 울렸다. 벽 반대쪽의 터널을 상상하기에 충분할 정도로 크고 공허한 소리였다. 터널을 상상하게 되면서 나는 창고가 싫었다. 본래도 좋아했다고 말할 수는 없었지만 창고로 내려갈 때면 기묘한 생물의 대가리로 들어가는 듯한 기분을 느꼈다. 길고 어두컴컴하고 커다란 생물의 입을 향해서 말이다. 점심을 먹을 시간이 되면 한 사람씩 교대로 창고로 내려가서 아무 박스에나 걸터앉아 밥을 먹었는데 나는 그 벽을 마주보고 앉았다. 등지는 것보다는 마주보는 것이 나았다. 그 시기에 나는 어디까지 이어졌는지 알 수 없는 검은 공간을 끝없이 걸어가는 악몽을 꾸고는 했다. 마디가 나타나야 그 마디를 통해 나갈 수가 있는데 마디가 나타나지 않는다는 꿈이었다. 긴 벌레의 몸통 같기도 하고 구렁이의 몸속 같기도 한 터널을 언제까지고 걸었다. 그게 다인 꿈이었으나 내게는 악몽이었다.

재오는 서점에서 일 년 반을 일하고 그만두었다. 그달 치의 급여를 받고 다음날 나오지 않았다. 학기초라 오전부터 정신없이 바쁠 때라서 서점 주인이 조바심을 내며 재오에게 전화를 해보라고 말했고 내가 통화했다. 여보세요, 라는 말에 재오는 대꾸가 없었다. 올 거냐고 묻는 말에 재오는 내가 왜요, 라고 되물었다. 재오는 서점을 떠나면서 퇴직금을 요구했다. 아르바이트에게 무슨 퇴직금이냐고 반박하는 사장에게 그건 법으로 보장된 권리이고 끝끝내 주지 않겠다고 할 경우 서점의 탈법적 장부 관리와 4대 보험에 가입되지 않은 고용 형태에 관해 할말이 많다고 주장한 모양이었다. 서점 주인은 재오에게 당했다고 말했고 이즈음부터 내 눈치를 보며 거래에 관해 비밀을 만들기 시작했다. 내게 맡겨두었던 장부도 도로 가져가서 직접 관리했고 고용 문제로 기분이 좋지 않을 때마다 배은망덕, 이라는 말을 입에 올렸다.

그래도 나는 서점에 남았고 열심히 일했다. 넓은 간격이 있었지만 차츰 월급도 올라서 내가 쓸 돈도 조금 생겼다. 어머니는 여전히 암

투병중이었고 아버지는 간장으로 졸인 반찬이 담긴 도시락을 매일 아침 내게 싸주었다. 나는 때가 되면 곰팡내가 나는 창고로 내려가 벽을 바라보며 그걸 먹었다. 그런 나날이었다.

*

나는 그 소녀를 그곳에서 보았다.

봄, 학기초의 번잡함으로 정신이 쏙 빠져나갈 듯한 계절이었다. 한꺼번에 밀려든 사람들을 어느 정도 내보내고 마감 직전의 공백에 멍하게 서 있을 때였다. 서점에서는 그즈음 담배를 팔고 있었다. 계산대 뒤에 유리 덮개와 자물쇠가 달린 선반을 마련하고 그 속에 담배를 진열해두었다. 담배를 파는 데엔 규칙이 있었고 나는 그걸 지켰다. 학생이 자주 드나드는 서점이었으므로 아주 확실한 경우를 제외하고는 신분증을 제시하는 사람에게만 팔았다.

그날 밤에 웬 소녀가 계산대 앞에 서더니 담배를 달라고 했다. 두 갑. 목에 리본이 달린 교복을 입고 있었고 담뱃값인 듯 오른손에 지폐를 쥐고 있었다. 예쁘장한 아이였고 도전하는 듯한 눈빛으로 나를 보았는데 조금 불안해 보였다. 학생에게는 담배를 팔 수 없다고 말하자 소녀는 심부름을 온 거라고 대답했다. 자기에게 심부름을 시킨 어른들이 저기서 기다리고 있다고 말하며 바깥을 가리켜 보였다. 고개를 돌려 바라보자 공중전화 부스 곁에 서 있는 남자들이 보였다. 둘이었다. 둘 중에 하나는 모자를 쓰고 이쪽을 바라보고 있었다. 이제 됐죠? 소녀가 퉁명스럽게 말했다. 저 사람들더러 직접 내려와서 사라고 해,

내가 말하자 그녀는 우물쭈물하더니 서점을 나갔다. 나는 그애가 계단을 올라가서 그 남자들에게 다가간 뒤 뭐라고 말하는 것을 지켜보았다. 내가 한 말을 전한 듯 이번엔 모자를 쓴 남자가 천천히 계단을 내려왔다.

계산대 앞에 선 그는 바깥에 있을 때보다 작고 진해 보였다. 다부진 체구에 어두운 챙이 달린 모자를 쓰고 매캐한 냄새를 풍겼다. 방금 전에 여자아이가 담배를 달라고 하지 않았습니까, 그가 정중하게 말했다. 제가 시켰어요, 밖에 제가 있었는데 왜 담배를 주지 않았습니까.

눈에 초점이 없었다. 모자챙으로 그늘져 있었지만 충혈된 것이 보였고 흰자위가 노랬다. 담배를 살 거면 신분증을 보여야 한다고 말하자 그는 비웃는 것처럼 픽 웃더니 주머니를 뒤져 지갑을 꺼냈다. 낡은 가죽 지갑이었다. 그는 그 속에서 신분증처럼 보이는 사이즈의 카드를 꺼내 한 손에 쥐더니 그걸 건네지는 않고 나를 빤히 보다가 말했다. 담배 몇 갑 사자고 내 개인정보까지 댁한테 까야 하는 이유가 뭡니까. 나는 성인인데 내가 왜 그래야 합니까. 댁의 뭘 믿고 내가 이걸 보여줍니까. 장사 제대로 하십쇼.

그는 신분증을 쥔 손을 바지 주머니에 넣더니 어슬렁거리며 서점을 나갔다. 또다른 남자와 소녀가 계단 위에서 그를 기다리고 있었다. 그들은 다시 부스 곁에 서서 뭔가 말했다. 남자들이 말하면 소녀는 고개를 끄덕이거나 저었다. 남자들은 주머니에 넣고 있던 손을 빼서 소녀의 머리를 건드리거나 잘록하게 들어간 옆구리를 건드리곤 했다. 그때마다 소녀는 몸을 움츠리며 웃었다. 소녀의 머리 위로 마른 눈처럼 꽃이 지고 있었다.

어떡할까.

그건 정말 이상한 광경이었다. 이상하다고 생각할 게 별로 없어 보였는데도 그랬다. 단지 모여 서서 이야기를 하고 있을 뿐이었는데 말이다. 그 남자들과 소녀는 너무 무관해 보였다. 나는 그들이 잘 아는 사이는 아닐 거라고 생각했고 그 생각 때문에 마음이 불편했다. 손가락 끝으로 계산대를 두드리며 나는 망설였다. 지금이라도 저 문밖으로 나가서 소녀에게 물어볼까. 그 남자들과는 어떤 관계냐고, 어디서 어떻게 만났느냐고 물어볼까. 그걸 물어볼 권리가 내게 있나. 그냥 경찰에 신고를 할까. 신고를 해서 뭐라고 할까. 어떤 여자아이가 남자들과 이야기를 하고 있어요. 그런데 그게 신고를 할 정도로 죄인가? 죄나 되나. 죄가 되더라도 그걸 신고할 의무가 내게 있나. 나중에 해코지라도 당한다면 어떡할까. 서점은 항상 여기 있고 나는 매일 여기로 출근할 수밖에 없는데 앙갚음의 표적이 된다면?

나는 관두자고 마음먹었다. 성가시고 애매한 것투성이였다. 그들이 본래부터 알던 사이일 거라고 여기는 것이 편했다. 누가 알겠나. 나는 남의 일에 참견할 정도로 한가롭지 못하다. 내가 무슨 판단을 했나를 생각해볼 겨를도 없이 나는 판단을 마쳤고 몸을 돌려 그날의 매출을 전산 자료로 정리하며 퇴근할 준비를 했다. 어느 순간 고개를 들어 바깥을 내다보았을 때는 이미 그들이 가버린 뒤였다.

그 일이 벌어지고 난 뒤로 나는 많은 질문을 받았다.

나는 한 번도 그렇게 중요한 인물이었던 적이 없었다. 사람들은 내게 뭘 보았느냐고 물었다. 그들이 뭘 입고 있었고 어떻게 생겼고 어떤 행동을 했고 말투는 어땠는지, 어느 방향으로 갔는지를 물었다. 나는 내가 대답할 수 있는 질문엔 대답했고 그렇지 않은 것엔 잘 모르겠다고 대답했다. 대답이 중요한 질문일수록 잘 모르겠다는 대답이 나왔다. 그 남자들은 어떻게 생겼나. 그들이 어느 방향으로 갔나. 경찰서로 불려가 사진도 여러 장 보았는데 나는 어떤 것도 분명하게 짚어내지 못했다. 그들은 어떤 사람이었을까. 지금도 그것을 생각하면 가로등 아래 모자를 쓰고 이쪽을 바라보고 있는 남자의 모습이 떠오른다. 머리 위로 쏟아지는 가로등 불빛 때문에 더 어둡게 그늘진 모자챙 속에서 이쪽을 보고 있는 남자의 얼굴이다. 내가 들여다보았던 사진 가운데 어느 것과도 닮지 않았고 모든 것과도 닮은 듯한 얼굴이었다. 경찰서에서 나는 진땀을 흘리며 몇 번이고 사진들을 들여다보고 나서 한 장을 조금 앞으로 밀었다. 이 사람이 맞느냐고 경찰관들이 물었고 나는 그 질문을 한번 더 생각해본 뒤 가장 닮은 것 같은데 실은 잘 모르겠다고 대답했다. 실제로도 나는 많은 것을 몰랐다. 사라진 소녀의 이름이 진주라는 것도 경찰을 통해 알았다.

좋아하는 팝 가수의 콘서트 티켓을 예매해두고 그녀는 사라졌다.

아파트 단지를 빠져나가는 지점의 화단에서 관목 깊숙이 숨겨진 가방이 발견되었고 아파트 단지로부터 멀지 않은 건축 공사장에서 분비물이 묻은 속옷이 발견되었다. 여자용 속옷. 헝겊 공처럼 돌돌 말려서 벽돌 틈에 쑤셔넣어진 상태로 말이다. 실종된 날에 마지막까지 함께 있었던 동급생은 진주와 헤어진 장소로 서점에서 백오십 미터 떨어진 등나무 벤치를 가리켰고 주변을 탐문하던 경찰들이 나를 찾아왔다. 단지의 주민이 단지 내부에서 사라진 사건이었으므로 소문이 빠르게 돌았다. 사람들은 소문의 그 장소를 보러, 뭐가 됐든 내게 질문을 하러 서점을 찾아왔다. 고성이 오가는 날도 있었다. 여기서 그 소녀가 사라졌다.

내가 그녀를 마지막으로 목격한 사람이었다.

비정한 목격자.

보호가 필요한 소녀를 보호해주지 않은 어른.

나는 그게 되었다.

그리고 진주의 어머니라는 사람이 있었다.

그녀는 매일 서점으로 찾아왔다. 가무잡잡한 피부에 나이가 많고 성장기의 딸보다도 더 작은 몸을 가진 사람이었다. 팔다리가 가늘었고 머리도 작았다. 일정한 비율로 축소된 인간, 덜 자란 인간으로 보였다. 나는 그녀가 가난한 부부의 첫번째 자녀쯤으로 태어났을 거라고 생각했다. 산모는 양껏 먹지 못했을 것이고 태어난 아이도 제대로 먹지 못하고 자랐을 것이다. 실제론 어땠는지 몰라도 그런 걸 생각하게 만드는 사람이었다. 그녀는 노산老産으로 진주를 낳은 듯했다.

진주의 어머니는 진주의 사진이 실린 전단을 한 묶음씩 옆구리에 낀 채로 서점 주변을 돌면서 사람들에게 나누어주었다. 꽤 멀리까지 나가서도 전단을 돌리고 난 후엔 서점에 들렀다. 그녀는 매일 오후 계산대 앞에 서서 용의자를 보았느냐고 물었다. 용의자와 닮아 보이는 사람이 오늘 서점에 들르지는 않았는지, 근처에서 그를 보았다는 사람은 없었는지를 묻고서 내게 무얼 보았느냐고 물었다. 본 것을 말해달라고 몇 번이나 졸랐다. 그 남자들은 어떻게 생겼나. 진주가 그들과 무엇을 하고 있었나. 그애가 어떻게 보였나. 취한 것처럼 보였나. 맞은 것 같지는 않았나. 얼굴이나 팔뚝에 상처가 있지는 않았나. 협박당하는 것 같지는 않았나. 무서워하는 것 같지는 않았나. 애가 울고 있지는 않았나. 어느 방향으로 갔나. 그애가 어느 쪽으로 갔나. 그런 것을 몇 번이고 물었다. 그런 다음에 그녀는 나에게 그때 무얼 하고 있었느냐고 물었다. 마지막엔 언제나 그렇게 물었다.

진주는 나타나지 않았고 발견되지도 않았다. 연락도 자취도 없었다.
나는 창고와 연결된 지하터널을 의심했다. 내가 매일 밥을 먹으며 바라보는 그 벽 너머를 말이다. 온 데를 다 뒤져도 나오지 않으니 진주는 어쩌면 거기 있을지도 몰랐다. 재오가 이야기한 대로 아파트 단지의 구석구석을 관통하는 거대한 터널이라면 진주는 거기 어디쯤에 숨거나 숨겨졌을지도 모른다고 나는 생각했다. 거길 뒤져야 하는 것 아니냐고 내가 말하자 상가 관리인은 영문을 모르겠다는 얼굴로 나를 보았다. 뭐요?
그 벽 뒤엔 아무것도 없다고 그는 말했다. 지하터널 같은 것은 없다. 곰팡이가 너무 심해서 그 벽에서 조금 떨어진 지점에 가벽을 세워놓았을 뿐이라는 이야기였다.
나는 얼떨떨해져서 서점으로 돌아왔다. 다른 날처럼 계산대를 지키고 있다가 아르바이트 직원들이 모두 밥을 먹고 난 뒤 마지막 순번으로 창고로 내려갔다. 식탁과 의자로 사용하는 박스 위에 도시락을 내려놓고 공구를 모아둔 캐비닛을 뒤졌다. 전선들, 납작해진 본드 튜브, 나사들, 못들, 쥐 끈끈이, 시너 통, 드라이버, 곰팡이 제거제, 막대와 집게들. 내가 찾는 것은 망치였는데 그것만 눈에 보이지 않았다. 위에 쌓인 것들을 넘어뜨리고 무너뜨려가며 뒤지다가 나는 마침내 중간 선 반에서 바짝 마른 걸레로 덮인 망치를 찾아냈다. 그걸 쥐고 그 벽 앞에 섰다. 습기와 곰팡이가 덩굴무늬처럼 번진 벽 귀퉁이를 바라보았다. 그러고 있는 와중에도 벽 너머에서 불어오는 바람이 느껴졌다. 관리인이 모를 뿐이었다. 그가 모를 뿐 터널은 있다. 봐. 바람이 분다. 터널을 관통하는 바람이 이렇게. 나는 그걸 확인할 수 있었다. 망치를 들어서 몇 번 휘두르면 가능했다. 어쩌면 계란 껍데기를 뚫는 것처럼 쉬울 수도 있었다. 그리고 바로 그 때문에 나는 그렇게 할 수 없었다.

터널이 있는 것과 터널이 없는 것.

요즘도 나는 그 순간에 내가 어느 쪽을 더 두렵게 여겼는지를 생각해보고는 한다. 나무 벽의 구멍을 통해 검은 공동을 확인하는 것과 진물 같은 곰팡이로 덮인 또다른 벽을 확인하는 것. 어느 쪽이 더 섬뜩하고 소름 끼치는 일일까. 나는 그걸 알 수 없었고 아마 앞으로도 알 수 없을 것이다. 나는 그냥 망치를 쥔 채로 벽 앞에 서 있다가 내 도시락이 놓인 박스 곁으로 돌아갔다. 망치는 바닥에 내려놓고 도시락을 무릎에 올린 뒤 천천히 그걸 먹었다.

짧은 봄이 가고 여름에서 가을로 넘어갈 무렵이었다.

진주 어머니는 그간에도 서점에 찾아왔다. 여름부터는 아예 서점으로 내려오는 계단 근처에 돗자리를 펼치고 그 위에 진주의 가방과 사진을 놓아두었다. 사진은 세 장일 때도 있었고 네 장일 때도 있었다. 조악한 화질에 최대한 실물 크기로 출력한 상반신들이었다. 진주 어머니는 그 사진들을 마분지에 붙이고 비닐을 씌워 자기 뒤쪽에 두 장, 앞쪽에 한 장을 세워두었다. 그러고는 두꺼비처럼 엎드려서 오후 내내 꼼짝도 하지 않았다. 그녀는 더 늙었고 가까이 다가가면 살냄새가 났다. 묵은 곡식 같은 살냄새.

사람들의 눈치를 보면서 그녀를 두고보던 서점 주인은 초조한 기색을 보였다. 사정은 딱하지만, 하며 어느 날은 영업에 방해가 된다며 그녀를 설득해보라고 내게 말했다. 나는 그가 시키는 대로 계단을 올라갔다. 고양이들의 밥그릇이 비어 있었다. 화단 구석에 감춰둔 포대를 열어 사료를 넘칠 정도로 쏟아붓고, 계단을 마저 올라갔다. 그녀가 그녀의 자리에 엎드려 있었다. 가려주는 것이 없어 오후 내내 그 자리는 땡볕의 영역이었다. 해 질 무렵에야 벚나무 그림자가 거기까지 다다를까. 나는 그녀의 다갈색 목덜미와 좁은 등짝을 내려다보았다.

아줌마 어쩌라고요.

내가 얼마나 바쁜지 알아요? 내가 여기서 얼마나 많은 일을 하는지 알아? 날씨가 이렇게 좋은데 나는 나와보지도 못해요. 종일 햇빛도 받지 못하고 지하에서, 네? 그런데 아줌마는 왜 여기서 이래요. 재수 없게 왜 하필 여기에서요. 내게 뭘 했느냐고 묻지 마세요. 아무도 나를 신경쓰지 않는데 내가 왜 누군가를 신경써야 해? 진주요, 아줌마 딸, 그애가 누군데요? 아무도 아니고요, 나한텐 아무도 아니라고요.

내가 그녀를 내려다보며 이와 같은 말은 한마디도 하지 못하고 입을 다물고 있는 동안 매미가 울었다. 씨르르, 소리뿐이었다. 내리쬐는 햇볕 때문에 목덜미가 따가웠다. 나는 그녀의 곁을 떠나 나무들 아래를 걸어 그 장소를 떠났다. 구겨 신은 신발 때문에 걸음이 불편해 정강이가 당겼다.

나는 빠르게 걸었고 다시는 그곳으로 돌아가지 않았다.

*

내 어머니는 사 년 전에 돌아가셨다.

복수가 차서 숨도 제대로 쉬지 못하다가 병실에서 사망했다. 마지막 순간엔 의료적 방법이 없으므로 집으로 모셔가라는 병원측과 실랑이가 좀 있었다. 차라리 집으로 모셔서 집에서 마지막을 맞는 편이 그녀에게는 좋지 않았을까 생각할 때가 있다.

아버지는 살던 집에 그대로 머물고 있다. 본래 한 사람이 머물기에 적당한 공간이었으니 비로소 적당해진 것이라고 나는 생각한다. 병에 걸리면 스스로 목숨을 끊을 거라고 아버지는 말하곤 한다. 그가 그런 말을 할 때 나는 잠자코 듣지만 그가 정말로 그렇게 할 작정이라고는 생각하지 않는다.

나는 삼 년 전에 그 집을 나왔다. 짐을 꾸릴 때 아버지의 책 몇 권을 가방에 넣었다. 최근에 그 가운데 한 권을 읽었다. 비참한 가난에 대한 글이었다. 내가 아는 가난보다도 더 가난한 가난. 나는 최근 자연사와 병사와 사고사에 관해 두서없이 생각할 때가 많은데 그 에세이에서 읽은 것처럼, 가난하고 돌보아줄 인연 없는 늙은 자로서 병들어 죽어가는 것처럼 비참한 일이 있을까, 생각한다. 저자는 이런 죽음을 두고 여태껏 인류가 발명한 어느 무기도 그런 형태의 자연사만큼 사람을 강력하게 비참하게 만든 것은 없었다고 말하고 있었다. 때문에 그는 늙어 죽는 것을 소망한 것이 아니고 길 가다 우연하게, 느닷없이 죽고 싶다고 써두었다. 나는 그의 문장 곁에 그렇다, 라고 적은 뒤 연필 끝으로 종이를 꾹꾹 누르고 있다가 이렇게 덧붙였다. 아무도 없고 가난하다면 아이 같은 건 만들지 않는 게 좋아. 아무도 없고 가난한 채로 죽어. 나는 그대로 책을 덮어버렸고 그 문장들은 내가 적은 바로 그 자리에 남아 있을 것이다. 십 년이 지난 뒤에도, 어쩌면 백 년이 지난 뒤에도 말이다.

내가 지금 사는 동네엔 아카시아가 많다. 아카시아나무가 뒷산에도 많고 골목에도 많아서 초여름엔 그 냄새로 공기가 청결해진다. 특히나 밤이 되면 멀리 떨어진 버스 정류장에서도 그 냄새를 맡을 수 있다. 그 냄새를 맡으며 천천히 골목을 걸어 퇴근하는 길엔 오래전을 생각할 때가 많다. 호재를 생각하는 날도 있다. 어떻게 지내고 있을까. 좋은 직업을 얻었을까. 무사히 여자친구를 만들어서 아이도 낳았을까. 시루, 인절, 콩. 호재의 고양이들은 모두 죽었을 것이다. 그들의 자손은 어떻게 되었을까. 어미 고양이는 계속 새끼를 낳았을까. 그 새끼들도 새끼를 낳을까.

나는 여전하다. 여전히 직장에 다니고 사람들 틈에서 크게 염두에 두지 않을 정도의 수치스러운 일을 겪는다. 못 견딜 정도로 수치스러울 때는 그 장소를 떠난 뒤 돌아가지 않는데, 그런 일은 물론 자주 일어나지는 않는다. 다음에 다른 동네로 이사를 가게 되면 그 동네에도 아카시아나무가 많기를 소망하고 있다. 그러나 아카시아가 단 한 그루도 없는 동네에 살게 되더라도 나는 별 불편 없이 잘 적응해갈 것이다.

나는 여전하다.

그리고 가끔, 아주 가끔, 밤이 너무 조용할 때 진주에 관한 기사를 찾아본다. 어딘가에서 진주를 찾았다는 소식을 말이다. 유골이라도 찾아냈다는 소식을 밤새, 당시의 모든 키워드를 동원해서 찾아다닌다.

나는 이런 이야기를 어디에서고 해본 적이 없다.

상류엔 맹금류

나는 오래전에 제희와 헤어졌다. 헤어질 무렵엔 무슨 대화를 나눴는지 기억나는 것이 없다. 나눈 대화가 거의 없었기 때문인지도 모른다. 그즈음엔 제희네까지 갈 일이 있어도 안에는 들르지 않고 집 앞에서 헤어졌다.

제희의 이름은 제희. 재희가 아니라 제희. 이름을 말할 일이 있을 때마다 제희는 자기 이름의 모음을 일러주었다. 아이 말고 어이. 재희 말고 제희. 제희에게는 누나가 넷 있었다. 막내가 제희였는데 딱히 아들을 바란 출산의 결과는 아닌 듯했다. 제희네 어머니가 장사로 너무 바빠 아이를 떼러 갈 시간을 내지 못했기 때문이라고 들었다. 자라는 동안에도 제희는 아들이라고 딱히 대우를 받거나 혜택을 누린 것이 없었다. 적어도 내가 들은 바로는 누나들과 공평하게 먹었고 얻어맞았고 나누어 받았다.

제희는 누나들과 닮았다. 사진을 보면 알 수 있었다. 다들 요모조모

달라 보이는 얼굴을 하고 있는데도 사진 안에서는 공통된 윤곽이 보였다. 그건 어쩌면 물리적인 형태라기보다는 분위기 같은 것인지도 몰랐다. 제희는 여자에게 친절했다. 친절하게 굴자고 마음먹고 친절한 것이 아니라 여성의 생태를 잘 이해하고 있는 것처럼 보였다. 누나들의 성장을 지켜보면서 간접적으로 경험한 여성성을 내면화한 듯했다. 제희와 같이 다니다보면 남자친구라기보다는 자매나 친한 남매 같을 때가 많았고 나는 그런 친밀감을 느낄 수 있다는 것이 좀 즐거웠다.

그해 제희네 아버지는 한쪽 폐를 제거하는 수술을 받았다. 젊은 시절에 제대로 치료하지 않은 결핵으로 이미 손상된 폐에 암세포가 번졌다는 것이었다. 제희네 아버지는 감기 치료를 하러 병원에 들렀다가 우연히 그 사실을 알았다. 암이 발견된 뒤로는 제희가 아버지를 모시고 병원을 다녔고 얼마 지나지 않아 수술을 시도해볼 수는 있지만 가망은 별로 없다는 최종 진단을 받았다. 소식을 들은 밤에 제희네 누나들이 마루에 모였다. 제희네 어머니와 제희까지 여섯 사람이 손을 잡고 둥글게 앉아서 이 고난을 잘 헤쳐나가자고 스스로에게 또 서로에게 다짐했다. 그건 분명한 기도였지만 일방적인 위탁은 아니었고 서로간의 다짐이자 격려였다. 제희나 제희네 누나들에게는 신이 없었다.

나는 조금 떨어진 자리에 앉아 그들을 보았다. 제희가 손수 개조해서 벽에 걸어둔 선풍기 아래 크고 작은 액자들이 걸려 있었다. 오래된 사진과 액자들. 아름다운 여자. 가장 오래된 사진은 제희네 어머니였다. 흑백사진으로, 결혼하기 직전인 십대 후반에 그 사진을 찍었을 것이다. 헵번스타일로 머리를 말고 민소매 원피스를 입은 그녀는 아주

세련되고 아름다워 보였다. 눈에도 생기가 있고 표정이 풍부했다. 그리고 그녀의 아이들, 그들의 어린 시절이 있었다. 코스모스와 백일홍 곁에서 멜빵바지를 입고 찍은 사진. 옛날 집 마당에서 벌거벗고 등목을 하는 마른 아이들. 사진 속 아이들이 모두 그 마루에 모여 있었다. 역경을 함께 이겨내고 살아남은 사람들이었다. 내 사진도 언제고 그 벽에 걸릴 것이라고 나는 생각했다. 그러고 나면 또 언젠가 사진 속의 나보다도 훨씬 나이든 내가 그 사진 아래 앉아 있게 되는 날도 오겠지. 나는 그걸 의심하지 않았다. 제희와 나는 오래 만났고 서로의 집을 잘 알았다. 아마도 다음번 고난이 닥쳤을 땐 나도 그들과 손을 잡고 이 마루에 앉을 것이다. 제희네 어머니의 화분들에 둘러싸여서, 우리가 힘을 합쳐 이 고난을 잘 이겨내자고 진심으로 다짐하게 될 것이다. 그렇게 되는 것이 당연하고 자연스러웠다.

제희네 아버지는 여름이 끝날 무렵에 수술을 받았다. 여섯 시간이 걸렸는데 예상보다도 긴 시간이었다. 수술을 끝내고 나타난 의사는 피곤해 보이는 모습과는 다르게 상쾌한 어투로 경과를 일러주었다. 열고 보니 가슴이 너무 지저분한 상태라서 고름과 이물질을 깨끗하게 걷어내느라고 그만큼의 시간이 걸렸다는 것이었다. 유별나게 힘든 수술이었고 한번 더 이런 수술을 하라고 하면 자기는 사양할 것 같다며 그는 웃었다. 수술은 일단 성공적이라고 그는 말했다.

나는 제희네 부모님이 시장에서 장사를 했다고 들었다. 재래시장에서 과일을 팔았고 꽤 규모가 있는 가게로 장사도 잘되어서 시장 상인들 중에서도 번듯하게 살았다고 했다. 제희네 부모님은 주변 상인들

하고 계를 들어서 크게 현금을 돌리곤 했는데 어느 해, 제희네 어머니의 소개로 계원이 된 여자가 곗돈을 가지고 달아났다. 제희네 어머니와는 자매처럼 지내던 사이로 일이 벌어지고 보니 시장 안에서 신용이 있었던 제희네 이름으로 여러 상인들에게 상당한 금액의 돈을 빌리기까지 했던 모양이었다. 모두 합치자 큰돈이 되었다. 그건 정말 큰돈이었다. 달아날 것을 작정하고 달아난 사람이라 쫓아갈 길도 찾아낼 길도 없었다고 제희네 어머니는 말했다. 이후의 상황은 제희네 누나들이 잘 기억하고 있었다. 전날까지만 해도 형님 동생, 하던 상인들이 제희네 상점으로 몰려와서 박스를 뒤집고 과일을 짓밟았는데 당시 고등학생이던 맏딸에게까지 찾아와서 학교를 그만두고 어떻게든 돈을 갚으라고 요구를 했던 모양이었다. 제희가 두 살이 되었을 무렵으로 제희네는 이때 크게 넘어졌고 그뒤로 다시는 전과 같은 모습으로 일어나지 못했다.

우린 의논해볼 데도 없었다, 라고 제희네 어머니는 말했다.

둘 다 실향민이었으니까. 상황이 이러저러하다고 하소연이라도 해볼 연고가 없었다. 그 상황에 머리털 까만 아이만 다섯이지. 우린 딱 두 가지 길을 생각했다. 함께 살든가, 함께 죽든가.

처음에 제희네 부모님이 생각해본 것은 후자 쪽이었다. 하지만 아이 다섯과 자신들을 한꺼번에 '확실하게' 죽일 수 있는 방법을 좀처럼 생각해낼 수가 없어서, 그렇다면 사는 길, 하고 방향을 틀었다고 제희네 어머니는 말했다. 제희네 아버지는 사정이 좀 나아질 때까지 아이들을 시설에 넣으면 어떠냐고 제안했지만 그건 그녀가 반대했다. 입양이라도 되면?

살았는지 죽었는지도 모르게 영영 만날 수 없게 된다면?

그걸 또 겪게 된다면?

잠든 아이들 곁에서 제희네 부모님은 다시 생각해보았고 이번엔 제희네 어머니가 빚을 두고 멀리 달아나는 것을 제안했다. 이것은 제희네 아버지가 반대했다. 그는 자기 잘못도 아닌 일 때문에 범죄나 다름없는 방식으로 달아날 수는 없으며 그렇게 도망치는 모습을 보여서 아이들 보기에 부끄러운 부모가 되고 싶지는 않다고 말했다. 제희네 어머니가 그 말에 공감했다. 거기까지 들려주고 제희네 어머니는 내게 문득 말했다. 그래서 어떻게 했냐.

그들은 아이들을 기르며 빚을 갚겠다고 결심했다. 과일가게와 집을 처분한 뒤 방이 한 개인 셋방을 얻어서 들어갔고 거기서부터 다시 시작했다. 전과 같은 상태는 아니더라도 조금씩 사정은 나아졌다고 제희네 어머니는 말했다. 딸들도 거의 시집을 보냈다. 사위들도 좋은 사람들이었다. 그녀에게는 고난 속에서도 아이 다섯 가운데 누구도 흘리지 않고 어떻게든 끌어안고 버텨서 길러낸 것에 관한, 단념하지 않고 가족을 가족으로 유지한 것에 관한 자부가 있었다. 제희네 어머니에게 세상에서 가장 나쁜 여자는 자식을 버린 여자였다.

나는 부도덕하다고 생각했다.

제희네 부모님과는 잘 지냈고 존경심도 가지고 있었으나 그 시점의 선택에 관해서는 그런 생각을 하지 않을 수가 없었다. 두 사람은 빚을 전부 갚기도 전에 늙어버렸고 제희네 누나들과 제희가 그 몫을 나누어 받을 수밖에 없었으니까. 맏딸인 큰누나는 진학을 포기하고 전철

역에서 보세 의류를 팔았다. 그녀는 수입의 일부를 빚을 갚는 데 보태고 또다른 일부로는 빚의 이자를 갚는 데 보태고 남은 일부로는 생활하는 데 들어가는 비용을 보탰다. 그녀가 결혼한 뒤로는 둘째, 셋째, 넷째, 제희 순이었다. 제희네 누나들 가운데 대학에 진학한 사람은 단 한 명도 없었고 결혼해 사는 누나들을 비롯해서 모두가 형편이 그만그만했다.

나는 그것을 골똘히 생각해볼 때가 있었고 그때마다 좀 사나운 심정이 되었다. 제희네 부모님은 왜 도망가지 않았을까. 왜 새로운 곳에서 새롭게 시작하지 않았을까. 자식들에게 부끄럽지 않은 부모가 되고자 하는 것은 자신들의 욕심일 뿐이라는 생각은 안 해보았을까. 빚을 떠안으면서 딸들에게 짐을 지운 것이라는 생각은 해본 적이 없었을까. 자신들의 양심과 도덕에 따랐지만 딸들의 인생을 놓고 봤을 때는 부도덕한 선택이 아니었을까.

내가 두서없이 그런 이야기를 하면 제희는 어쩔 수 없다는 듯 웃었다. 그냥 그런 사람들인 거야. 그리고 그대로 도망을 가서 살았다면 우리는 만나지도 못했을걸? 제희는 그렇게 말했고 나는 옳다고 생각했다. 제희네 부모님이 도망을 결심했다면 제희는 나와 같은 고장에서 살지 못했을 것이고 고교 동창생인 우리에게는 어쩌면 접점이 없었을지도 몰랐다. 어쩔 수 없이 그렇게 납득은 하면서도 당시를 상상하면 한숨이 나왔다.

제희네 아버지가 퇴원한 날에 제희네 누나들은 다시 그 집에 모였다. 제희는 제희네 누나들과 돈을 모아서 환자가 드러눕고 일어나기

편하도록 전동으로 작동되는 침대를 사서 방에 넣어두었다. 제희네 아버지가 그 위에 앉자 제희네 누나들은 한 번씩 그의 머리를 끌어안았다. 우리 아버지, 한번 안아봅시다. 그의 조그만 머리가 이제는 그보다 더 크게 자란 딸들의 품에 한 번씩 묻히는 광경을 나는 지켜보고 있었다. 나는 내 부모님과 한 번도 그런 포옹을 해본 적이 없었다. 내 부모가 서로를 그렇게 포옹하는 모습을 본 적도 없었다. 어렸을 적부터 그들과 나는 사이가 좋지 않았고 부모님 간에도 마찬가지였다. 내가 제희네를 수차례 들락거리면서 동경하고 부러워하고 어떤 밤에는 눈물이 날 정도로 질투했던 것이 바로 그런 광경이었다. 그리고 그건 어쩌면 내가 그들로부터 나눠 받을 수 있게 될지도 몰랐던 어떤 것이었다.

제희네 아버지는 그뒤로 집에 머물면서 투병했다. 방사선치료를 하지 않아도 되는 것은 다행이었으나 수술 부위에 자꾸 문제가 발생했다. 폐를 들어낸 자리는 말 그대로 텅 비어 있는 상태였고 시간이 지나면 차츰 몸을 구성하는 다른 물질들로 채워지는데 그사이 염증이 생겨서 고름이 차지 않도록 관리해야 했다. 관리를 위해 옆구리에 구멍을 뚫고 배수로 삼아 짤막한 관을 박아두었는데 새로 돋아나는 살 때문에 그 길이 자꾸 막혔고 그게 완전히 막히면 목숨이 위태로워지는 상황이었다. 담당의는 재생력이 좋은 것이고 그건 좋은 징조라는 이야기를 한 모양이었지만 염증도 빈번했다. 제희네 아버지의 옆구리는 날씨, 습도, 기분에 예민하게 반응했고 두 달에 한 번씩은 재입원해야 하는 상황이 벌어졌다. 몸이 붓고 열이 나고, 그러면 내부 상태를 점검하기 위해 병원을 찾았고 그때마다 입원해서 수술이나 다름없는 과정으로 검사를 했다. 아물 만하면 열고 아물 만하면 여는 과정이었다. 제희네 아버지는 그간에 부쩍 지치고 여위었는데 그보다는 어깨 통증과 관절염으로 고생하며 종일 그를 돌보는 제희네 어머니의 피로가 더 심각했다. 지치고 우울하다는 것이 눈에 보였고 귀로 들렸다. 그즈음 제희네 어머니가 제희네 아버지를 향해 던지는 말은 곁에서 듣기에도 주눅이 들 정도로 거친 경우가 많았다.

제희가 나들이를 가자고 제안한 것은 여름이 끝나갈 무렵이었다.

수목원에 가자고 제희는 말했다.

부모님과 텔레비전을 보다가 수목원을 보았는데 저런 근사한 곳에 소풍 가고 싶다고 제희네 아버지가 말했고 제희네 어머니가 그즈음 드물게도 공감했다는 것이었다. 두 분이 여태 여행을 함께 가본 적이 없다는 것을 안 것도 처음, 아버지가 먼저 어딘가로 소풍을 가고 싶다고 말한 것도 처음이라고 제희는 말했다. 제희는 수목원을 몇 군데 알아보았고 수도권에서 너무 멀지 않은 곳으로 원시림이 잘 보존되어 있는 큰 수목원을 골랐다. 삼림 보호를 위해 관람객을 제한적으로 받아들이는 숲으로 사전에 예약을 해야 입장할 수 있는 곳이었다. 거기 모시고 가고 싶다고 하면서 제희는 함께 가겠느냐고 물었고 나는 가겠다고 대답했다. 나는 수목원에 가본 적이 없었다.

*

9월 초순이었다.

그해 여름은 다른 해보다 무더웠다. 그때까지도 더위가 가시지 않

72

아 가만히 앉아 있어도 땀이 흘렀다. 제희네 어머니는 이날의 나들이를 위해 인견으로 만든 옷 한 벌을 샀고 도시락을 준비했다. 시동을 걸고 기다리는데 뭐가 들었는지 모를 짐이 여섯 개나 내려왔다. 마지막으로 그 짐을 싣고 다닐 카트를 실은 뒤 수목원을 향해 출발했다. 수목원까지는 별다른 막힘 없이 가더라도 두 시간이 걸리는 거리였다.

자유로로 진입해서 속도를 높이기 시작했을 때 제희네 아버지가 신분증을 가져오지 않았다고 말했다. 마지막 순간에 탁자 어딘가에 놓아두었는데 챙긴 기억이 없다는 것이었다. 예약한 인원만 예약한 이름으로 입장할 수 있는 숲이었으므로 입구에서 신분증 확인이 있을지 몰랐다. 그걸 가지러 되돌아갈 수도 없는 시점이었다. 제희네 어머니가 곧바로 그의 정신머리를 타박하기 시작했고 제희네 아버지는 자책도 아니게 화를 냈다. 그는 신분증을 탁자에 놓아두고 여기까지 와버린 다른 누군가를 비난하는 것처럼 혀를 찼다. 괜찮을 거야. 운전대를 잡고 있던 제희가 설마 거기까지 온 사람을 되돌려보내기야 하겠느냐고 여러 차례 달랜 뒤에야 상황은 진정되었다. 제희는 지나간 시절의 음악이 나오는 채널로 라디오를 틀어두었다. 때도 아니게 폭염주의보가 있던 날이었다. 에어컨디셔너의 냉기 속에서도 대시보드는 직사광선을 받고 뜨겁게 달아올랐다. 바람 소리가 시끄러워 냉기를 줄이면 바로 숨쉬기가 곤란해졌다.

제희와 나는 어른들의 컨디션에 신경을 곤두세우고 있었다. 제희네 부모님, 특히 제희네 어머니는 예민하게 들뜬 채로 기분이 좋아졌다가 나빠지기를 반복했다. 아무것도 아닌 것이나 아무것도 아닌 말이 꼬투리가 되었다. 제희네 아버지가 소음이 신경쓰이니 에어컨디셔너

를 좀 *끄*자고 말하자 나머지 사람들은 이 더위에 어쩌라는 것이냐고
쏘아붙였다. 제희네 아버지가 그러냐고 웃으면 그게 웃기냐고, 왜 우
습지도 않은데 웃느냐고 정색을 하고 물었다. 제희가 능숙하게 화제
를 전환해가며 둘 사이를 달래는 동안 나는 조수석 모서리를 손으로
붙들고 있었다. 고집스럽고 뜨거운 것을 무릎에 올려두고 앉은 기분
이었다. 파도를 수차례 타고 넘는 것처럼 가라앉았다가 떠오르고 가
라앉기를 반복하면서, 아슬아슬하게 나아가는 길이었다.

   제희는 그늘에 차를 세우려고 주차장을 두 바퀴 돌았지만 적당한
자리를 찾지 못했다. 웬만한 나무 그늘엔 먼저 도착한 차들이 자리를
잡고 있었다. 그늘 한 점 없는 주차장 복판에 차를 세워두고 짐을 내
리는 동안 해는 우리 머리 꼭대기에 있었다. 정오였다. 제희네 아버지
가 뒷좌석에서 깨끗한 파나마모자를 꺼내 머리에 얹었다. 제희네 어
머니는 나무 그늘 쪽을 바라보고 서 있었는데 이마를 덮은 곱슬머리
때문에 눈 아래 짙은 그늘이 져 있었다.
   제희는 트렁크를 열어둔 채로 카트에 짐을 실었다. 도시락 찬합, 수
박 반통을 담았다는 아이스박스, 돗자리 두 묶음과 각종 피크닉 용품
이 담긴 종이봉투, 간식을 담은 배낭이었다. 여섯 개의 짐은 부피도 모
양도 제각각이라서 카트에 쌓기가 쉽지 않았다. 찬합은 둥글고 아이
스박스는 아래쪽으로 갈수록 좁아지는 형태에 물병은 길쭉하고 돗자
리는 더 길쭉해서 어떻게 쌓아도 균형이 잘 맞지 않았다. 특히나 피크
닉 용품이 담긴 종이봉투는 아래쪽에 놓으면 찌그러져서 균형을 무너
뜨렸고 위에 얹으면 짐을 고정하는 고무줄 틈으로 빠져 바닥으로 떨

어졌다. 그런 과정을 반복하면서 벌써 몹시 구겨진 상태였다. 나는 지쳐서 뒤로 물러섰다. 제희는 저걸 끌고 숲으로 들어갈 작정일까. 카트를 끌기에 적당한 길만 있는 것도 아닐 텐데 어쩔 생각일까, 하고 생각했다. 산책을 하러 왔는데 그래서야 산책하기가 어려운 모양새였다. 한두 개는 두고 가도 상관없을 것 같았는데 제희네 어머니는 다 필요한 거라며 몽땅 가지고 입장하기를 고집했다. 제희는 뜨거운 시멘트 바닥에 무릎을 꿇은 채로 짐을 쌓았다가 내리고 다시 쌓기를 반복하면서 땀을 흘리고 있었다. 제희네 아버지는 부채를 부치면서 줄이 너무 짧은 것 아니냐고 말했다. 제희는 비뚤비뚤하게 쌓인 짐 위로 고무줄을 당기다가 고리에 발목을 다쳤다. 굵은 고무줄 끝에 수리 발톱처럼 생긴 금속 고리가 달려 있었는데 그게 어딘가에 잘못 걸렸다가 탁, 풀리면서 제희의 왼쪽, 그것도 안쪽 복사뼈를 때렸다. 조그만 돌이 쪼개지는 듯한 소리가 났다. 제희는 발목을 붙들고 앉은 채로 한동안 움직이지 못했다. 복사뼈를 덮은 손 위로 핏줄이 불거져 있었다. 괜찮으냐고 묻자 제희는 괜찮다고 답하면서 한두 번 발을 털어본 뒤 똑바로 섰다. 제희네 어머니가 멍한 눈빛으로 제희를 바라보고 있었다.

숲은 예상보다 조용하고 한적했다.
주차장에 차들을 내버려두고 숲으로 들어간 사람들은 다 어디에 모였는지 인적이 드물었다. 그늘을 찾아 어디론가 들어간 모양이라고 나는 생각했다. 신분증 문제로 입구에서 실랑이가 벌어졌을 때 우리 뒤쪽에 서서 다음 차례를 기다리고 있던 젊은 커플이 팔짱을 낀 채로 앞서 걷고 있었다. 그들도 양치식물원 쪽으로 모퉁이를 돌아 사라지자 넓은 편백나무 가로수길에 제희네와 나뿐이었다.

　제희는 내 목에 카메라를 걸어주며 사진을 찍어보라고 말했다. 어머니와 아버지가 나란히 걷고 있을 때, 그럴 때 자연스럽게. 그게 쉽지는 않았다. 부채를 부치며 걷는 아버지와 큰 나무들에 한눈을 팔며 걷는 어머니, 그들의 뒤쪽에서 카트를 끌며 천천히 걷는 제희까지 한 번에 담아보려고 했지만, 누군가는 앵글 바깥에 있었고 제희네 아버지와 어머니가 워낙 떨어진 채로 걷고 있어 그 둘을 한 번에 앵글에 담을 수 있는 순간도 많지 않았다. 나는 몇 번 시도를 해보다가 무궁화와 반송, 당단풍에 카메라를 가져다 대고 찍었다. 제희는 조금씩 다리를 절며 걷고 있었다. 그의 뒤쪽에서 기묘한 형태로 짐을 실은 카트가 용케 균형을 유지하며 끌려가고 있었다. 제희가 문득 멈춰 서서 허공을 바라보더니 봐, 라고 말했다. 나는 제희가 뭘 보라는 건지 알 수 없었다. 내게는 보이지 않았다. 이거. 보이지도 않는데 이것을 보라며 제희는 검지로 공중을 가리키고 있었다.

　거미였다.

　거미 한 마리가 거미줄 끝에서 바람을 타고 있었다. 구름 어딘가에서 내려온 것처럼 보였다. 다리가 투명하고 등에 아름다운 하늘색 무늬가 있는 거미였다. 제희네 어머니가 다가와 보더니 피난길에 숲에서 이런 거미를 더러 보았다고 말했다. 그녀는 거미를 능숙하게 손가락에 얹고 거미가 손등을 기어다니도록 내버려두었다. 거미를 들여다보는 얼굴에 장난기가 어렸다. 그녀는 이따금 그런 얼굴을 할 때가 있었고 그럴 때 나는 그녀의 어린 시절을 생각하게 되었다. 1939년생 노부인의 어린 시절. 그런 걸 생각하면 이상하고 아득한 기분이 되었다. 그녀는 어린 시절에 전쟁을 겪었다. 살던 집에서 짐을 꾸려 어딘지 알 수 없는 곳으로 피난을 가는 길에 가족을 영영 잃어버리기도 하고 폭탄이 터져 부모나 형제의 몸이 바로 곁에서 조각나기도 하는, 그런 전쟁을 말이다. 그녀는 내게 전쟁중에 있었던 일을 들려준 적이 있었다. 피난길에 갓난쟁이 막내를 등에 업었는데 어느 순간 부모님과는 헤어졌고 그뒤로 다시는 만나지 못했다. 갓난쟁이 막내는 그 피난길에서 죽었다. 막내를 이불로 감싸서 등에 업고 있었는데 공습 뒤 잔불이 남은 들판을 걸을 때 불티가 튀었는지 솜 속으로 번진 불에 타죽었다는 것이었다. 아기가 울어대도 방법이 없어 그냥 업고 걷다가 문득 등이 뜨거워 아기를 내려놓고 이불을 열고 보니 새카맣게 그을려 죽어 있었다고 그녀는 말했다. 내가 그 이야기를 들은 당시부터 거슬러올라가도 오십여 년 전의 이야기였다. 그것을 함께 들은 제희가 슬펐겠다고 말하자 그녀는 슬펐다거나 잊었다거나 답하지는 않고 그때는 그런 일을 겪은 사람이 많았다고만 답했다.

나는 그 이야기를 들은 이후로 그녀의 어린 시절을 생각하면 다 타고 남은 하얀 잿더미로 덮인 들판에 서 있는 여자아이를 떠올리게 되었고 그 여자아이는 왠지 육십대 초반인 그녀의 얼굴을 하고 있는 경우가 많았다. 내가 알고 있는 얼굴, 노부인의 얼굴을 말이다. 그녀는 전쟁고아였다가 헵번스타일로 머리를 만 아름다운 여인이었다가 이제 오십견으로 고통을 받고 관절염으로 다리를 저는 노부인이었다. 그 사이사이에, 내가 모르고 제희도 모르고 심지어는 그녀 자신조차 잘 모르는 일들이 그녀에게 일어났을 것이다. 나는 그 사이를 잘 상상할 수 없었다. 폐허 속 여자아이, 유행하는 스타일로 맵시 있게 자신을 가꿀 줄 아는 아름다운 여자, 부어오른 관절 때문에 대체로 시무룩한 표정을 하고 있는 제희네 어머니. 각각이 다른 사람 같았다. 육십 년이었다. 반백 년이 넘는 시간. 거미가 그녀의 팔뚝으로 기어올랐다. 길 위로 나온 것들을 모조리 끝장내버릴 것처럼 날은 더 무더워지고 있었다. 나는 땀이 밴 손으로 카메라를 붙들고 있다가 거미를 들여다보고 있는 그녀를 찍었다. 거미는 다음 바람을 타고 어디론가 날아갔다.

여보.

제희네 아버지가 길 앞쪽에서 옆구리를 내려다보며 서 있다가 말했다.

나 이게 새는 것 같아. 좀 봐줘.

제희네 아버지.

제희네 누나들의 말을 빌리면 그는 교장이 되었어야 할 사람이었고 최소한은 독학자나 선생님이 되었어야 했을 사람이었다. 그는 부지런했고 주어진 일을 필요 이상으로 꼼꼼하게 처리했으며 한자리에서 긴 시간을 들여 해내야 하는 일을 잘했다. 보수정당의 오랜 지지자였으며 정치를 말할 기회가 있을 때는 약간 들뜬 채로 보수 성향의 신문에서 사용하는 어휘로 말했고 일기를 썼고 신문을 스크랩했고 재활용품을 깔끔한 솜씨로 손수 분리했고 밤에는 머리맡에 낡은 트랜지스터라디오를 틀어두고 누웠다. 트랜지스터라디오는 오래전에 그가 빚의 일부라도 갚아보려고 일본으로 건너가 불법적으로 체류하며 일했을 당시의 생활품이었다. 그는 그것을 틀어두고 자리에 누워서도 오랫동안 잠들지 않고 눈을 뜬 채로 누워 있었는데 그가 그렇게 누워서 무엇을 생각하는지 아무도 물은 적이 없었고 그가 스스로 말한 적도 없어서 결국엔 아무도 몰랐다. 언제고 한번은 내가 제희에게 아버지의 일본 생활에 대해 물은 적이 있었다. 제희는 조금 생각을 해본 뒤에 자신은 아는 것이 없다고 대답했다. 아버지에게 물어본 적이 없었느냐고 묻자 없다고 대답했다. 궁금한 적이 없었느냐고 다시 묻자 그러게, 궁금한 적도 없었다고 대답하며 제희는 그것 참 이상하다는 표정으로 고개를 기울였다. 제희네 아버지는 일 년 정도를 일본에 머물렀고 그간에 모은 엔화를 구석구석에 숨겨 돌아왔다. 공항 입국장으로 들어서는 그를 봤을 때 일 년 사이 너무 늙고 마르고 쇠약해진 모습에 누나들과 어머니가 충격을 많이 받았다고 제희는 말했다. 특히 머리카락이 거의 사라지고 없어서 어머니가 한동안 닭발을 가마솥에 삶아 먹이는 등의 노력을 한 뒤에야 어느 정도 예전 모습이 되었다고 제희는 덧붙였다. 제희는 그때 어렸는데 어머니가 닭발을 사러 가는 길에 자주 데리고 다녔다고 했다. 알고 지냈던 시장 상인들과 마주치는 것이 싫다며 일부러 버스를 타고 먼 시장까지 가서 닭발을 자루로 사서 다시 버스를 타고 돌아오던 길이 기억난다고 제희는 말했다. 제희네 아버지는 그걸 곧 국물을 마시고 천천히 회복되었지만 정수리 쪽에 당시의 흔적이 성글게 남아 있었다.

그는 작고 인자한 노인이었다. 한쪽 폐를 잃은 뒤로는 침대에 꼼짝 않고 드러누워 있는 때가 많았으나 여전히 깔끔한 솜씨로 재활용품을 분리했고 신문을 스크랩했고 손자들과도 잘 놀아주었다. 요즘은 귀가 잘 들리지 않는지 뭘 물으면 자꾸 엉뚱한 소리를 한다고 제희네 어머니는 불평했다.

아버지한테 너무 그러지 마세요.

제희가 부드럽게 일렀다.

몸도 아픈 사람한테 자꾸 그러면 가혹하잖아요.

제희네 어머니와 제희, 그리고 내가 벤치에 앉아 있었다. 뒤쪽으로 거대한 은행나무가 솟아 있었고 그 그늘로 그 주변은 몇 도쯤 서늘했다. 땀에 젖은 거즈를 교체하고 소독도 할 겸 제희네 아버지를 따라 남성용 화장실에 들렀다 나온 제희네 어머니는 열에 달아오른 얼굴을 하고 있었다. 붉게 주름진 목으로 땀이 흘러내렸다. 제희네 아버지는 화장실에서 나오다가 바위틈에 설치된 식수대를 발견하고 물을 마시고 있었다. 그는 수도꼭지에 입을 대고 한참을 마신 뒤 손수건에 물을 적셔 벌겋게 달아오른 목과 팔뚝을 닦았다. 그를 멍하니 바라보고 있다가 제희네 어머니가 말했다.

글쎄 나도 모르게 말이 그렇게 나오는데 어쩌냐.

전부 그가 자초한 거라고 그녀는 말했다.

내가 의지할 곳 없이 혼자 살아가는 게 너무 힘들어서 비슷한 처지의 남자를 이른 나이에 중신으로 만났다. 사람이 성실했고 그거면 됐다고 생각했다. 이날까지 정신없이 살아왔는데 내가 저 양반한테 뭐 받은 게 없다. 생일이라고 빵 한 덩어리, 장미 한 송이, 다정한 말 한마디 받은 적이 없다. 남들도 다 그러고 살려니, 하고 살았는데 이만큼 살고 보니 그게 아니다. 내가 사랑을 못 받고 살았다. 나만 그러고 살았고 남들은 그러고 살지 않았더라. 이제야 그걸 알고 보니 너무 열 받는다. 저 얼굴 볼 때마다 나는 너무 열이 받는 거다.

제희네 아버지가 젖은 손수건을 손목에 묶고 무작정 길을 따라 걸어

올라가기 시작했다. 저거 봐라. 제희네 어머니가 무표정하게 말했다.

혼자 가는 거, 저거 봐라.

제희네 어머니는 서쪽에 있다는 희귀식물관에 가보고 싶어했는데
그보다 먼저 밥 먹을 장소를 찾아보자고 말했다. 제희네 아버지가 벌
써 밥을 먹느냐고 묻자 제희네 어머니는 밥을 먹지 않고 무슨 힘으로
여길 다 돌아볼 거냐고 쏘아붙였다. 나는 제희의 곁에서 걸으며 도시
락을 펼칠 만한 공간이 있는지 둘러보았다. 길은 아스팔트로 포장되
어 있거나 쇄석이 깔려 있었고 넓거나 구불구불하거나 좁았다. 길 양
쪽으로는 출입이 금지된 화단과 야외식물원이었다. 돗자리를 펼칠 만
한 공간은 없었다. 양치식물과 작약이 자라는 구간을 지나자 열대식
물을 연구하는 센터가 나타났고 그 근방엔 관람객들이 좀 있었다. 제
희네 어머니는 돔처럼 생긴 온실 안으로 들어가보고 싶어했는데 입
장이 가능한 시간이 따로 정해져 있었다. 투명한 온실 벽을 통해 넓은
잎을 가진 열대식물이 보였다. 온실에서 빠져나온 수로는 주머니 모
양의 연못과 연결되어 있었다. 갈대와 파피루스 사이로 연밥이 올라
와 있었고 갈색 잠자리들이 물과 구름 사이를 날아다녔다. 물은 미지
근해 보였다.

앉아 있을 만한 곳이 없어 계속 이동했다. 그늘지지 않은 곳은 복
사열이 대단해서 그냥 걷고 있는 것만으로도 숨이 막혔다. 평평하지
않은 길이나 비탈에서 카트는 자꾸 한쪽으로 뒤집어졌고 그럴 때마
다 짐이 흘러내리거나 무너져내렸다. 제희는 조금 전보다 더 많은 땀
을 흘리고 있었고 다리를 상당히 절었다. 괜찮다고 하는데 괜찮아 보

이지 않았다. 안쪽 복사뼈에 아주 작고 아주 짙은 자주색 멍이 올라와 있었다. 짐승의 발톱이나 송곳니에 찍힌 것처럼 보였고 그쪽 발로는 제대로 바닥을 딛지 못했다. 뼈에 문제가 생긴 것 아니냐고 묻자 제희는 고개를 저었다. 카트를 내가 끌겠다고 해도 내주지 않고 나중엔 대꾸도 없이 땀만 흘리며 묵묵히 걸었다.

벽돌이 깔린 갈림길에서 제희네 부모님은 오른쪽의 비탈로 올라가 보자고 말했다. 그즈음부터 부쩍 늘어난 관람객들이 그 길을 택해 가고 있었다. 고운 흙으로 덮인 가파른 비탈이 정점에서 오른쪽으로 휘어져 있었다. 경사가 꽤 급했다. 비탈을 다 올라간 곳에 무엇이 있는지는 물론 보이지 않았다. 그저 사람들이 그 길로 가고 있었고 차가 올라간 흔적도 있었다. 저기 뭐가 있나보다고 우리도 저쪽으로 가보자고 제희네 어머니가 말했다. 카트에 실린 짐이 자꾸 아래쪽으로 쏟아졌다. 제희는 비탈에 무릎을 꿇고 짐을 다시 쌓은 뒤 고무줄을 더 팽팽하게 조였다. 올라가거나 내려오는 사람들이 제희와 내 곁을 둥글게 돌아갔다. 제희네 부모님은 뒤처진 일행엔 아랑곳 않고 앞서가고 있었다.

작은 계수나무들이 있었다. 오른쪽은 깎아낸 산비탈이었고 왼쪽은 야트막한 물이 흐르는 계곡이었다. 계곡을 내려다보며 점점 비탈을 올라가는 길이었다. 올라갈수록 계곡과의 낙차가 커졌다. 계곡엔 제멋대로 구르다가 거칠게 쪼개진 듯한 돌이 많았고 나무줄기엔 상당히 높은 위치까지 흙이 말라붙어 있었다. 비가 올 때는 꽤 거친 기세로 범람하는 듯했다.

제희네 어머니가 문득 멈춰 서더니 계곡에 내려가고 싶다고 말했다. 제희네 아버지가 동의했다. 물이 저기에 있으니 물 곁에 자리를 잡고 밥을 먹자는 것이었다.

말이 나오자마자 제희네 아버지가 계수나무 사이로 성큼 내려섰다. 첫번째로 발 닿는 곳에 낙차가 좀 있었다. 그는 노부인이 내려오기 편하도록 주변을 오가며 돌을 옮기고 굵은 나뭇가지를 모으고 꺾어서 발 디딜 곳을 만들기 시작했다.

나는 당황했다.

여기는…… 안 되지 않을까요? 이렇게 하면 안 되지 않을까요? 혼자 중얼거리듯이 물으며 안절부절 서 있었다. 저기 앉으면 된다고 하는데 내 눈엔 앉을 수 있을 만한 곳이 보이지 않았다. 젖은 흙이 달라붙은 채로 축 늘어진 나무들은 음산해 보였고 햇빛도 들지 않았다. 돌들 위로는 물에 휩쓸렸다가 쌓인 채로 썩어가는 잎들이 달라붙어 있었다.

나는 거기 내려가는 게 싫었다. 그렇게 행동해서는 안 되는 공공의 장소라는 검열도 작동했으나 무엇보다도 직관적으로 그 장소가 싫었다. 나는 그곳에서 분명히 뭔가가 비참하게 죽었을 거라고 생각했다. 그렇지 않으리란 법은 없었다. 수목원이지만 본래는 숲이니까. 눈물이 날 정도로 그리로 가고 싶지 않아서 다른 곳을 찾아보자고 나는 말렸다. 제희가 좀 거들어주기를 바라며 돌아보았으나 제희는 카트에 기대서서 체념한 듯 계곡을 내려다보고 있었다.

계곡 바닥은 습했고 부패중인 식물 냄새로 공기가 진했다.

제희가 축축하게 젖은 돌들 위로 돗자리 두 개를 펼치자 제희네 어머니가 도시락을 열었다.

계곡 쪽에서 보니 그건 계곡이 아니고 수로였다. 콘크리트로 비탈 측면이 덮여 있었고 사람의 머리통만한 배수 구멍도 몇 군데 보였다. 바닥에 깔린 돌엔 노란 줄무늬가 있었고 그 위로 찬물이 흘렀다. 제희 네 아버지는 바위에 쪼그리고 앉아서 그 물에 손을 씻고 세수를 하고 목을 닦고 양말을 벗고 발을 닦았다. 먹어도 되는 물이라며 입도 헹궜 다. 제희네 어머니는 물병 두 개를 물에 담갔다. 관람객들이 우리를 내 려다보며 비탈을 오르고 있었다. 아홉 살 정도로 보이는 사내아이 한 명이 제희네 아버지가 만들어둔 받침을 딛고 비탈 아래로 내려섰다가 어머니로 보이는 여자에게 꾸중을 듣고 도로 올라갔다. 제희네 부모 님은 내가 토라졌다고 생각했는지 달래려는 것처럼 자꾸 음식을 권했 다. 나는 비탈을 등지고 앉아서 그걸 조금씩 먹었다. 만두처럼 소를 넣 은 주먹밥, 야채김밥, 계란을 넣은 샌드위치와 소시지, 새우튀김, 치 즈, 토마토, 단정하게 자른 오렌지, 수박, 깨끗하게 씻은 포도. 새벽부 터 열심히 준비한 도시락이라는 것을 알 수 있었는데 맛이 조금도 느 껴지지 않았다. 목이 메어 음식이 잘 넘어가지 않았다. 본래 이런 데 놀러와서는 이런 물 옆에서 밥을 먹는 거라고 활달한 기색으로 음식 을 건네고 말을 걸어오던 제희네 부모님도 차츰 입을 다물었다. 제희 는 거의 먹지 않았다. 얼굴이 창백했고 어머니가 주먹밥을 내밀면 고 개를 끄덕이며 어서 먹으라고 말했다. 뭐라 말할 수 없는 표정으로 자 기 부모님을 지켜보고 있었는데 제희가 그런 표정을 하고 있어서 나 는 마음이 아팠다. 그건 얼마나 이상한 광경이었을까. 이상한 장소에 자리를 펼치고 밥을 먹고 있는 노부부와 그들 곁에서 울적하게 그들을 지켜보고 있는 젊은 남자, 그리고 그들을 등지고 앉은 여자.

비탈 아래쪽에서 원동기 소리가 들려왔다. 헬멧을 쓴 남자가 나타나서 계수나무 사이에 원동기를 세워두고 우리를 물끄러미 내려다보았다. 그가 이 구간의 관리인인 듯했다. 관람객 중 누군가가 신고를 한 것인지도 몰랐다. 그는 제희네 아버지를 아저씨, 라고 불렀다. 여기는 국립공원이고 여기서 이런 행동을 해서는 안 된다고 그는 말했다. 제희네 아버지는 알겠다고, 이것만 다 먹고 올라간다며 그를 향해 사람 좋게 웃어 보였다. 관리인은 아무런 대꾸도 표정도 없이 물끄러미 이쪽을 보고 있다가 비탈을 마저 올라가버렸다.

후식은 아무도 먹으려 들지 않았다. 수박 반통은 고스란히 아이스박스에 도로 담겼고 절반 넘게 남은 도시락 찬합도 서둘러 포개졌다. 물비린내가 밴 돗자리 바닥엔 젖은 모래가 달라붙어 있었다. 나는 제희가 그걸 접어서 카트에 싣는 걸 도왔다. 제희네 어머니는 내려왔던 자리에서 나뭇단을 딛고 비탈로 올라갈 때 발을 헛디뎠다. 비탈을 내려오며 우리를 지켜보고 있던 사람들이 놀라서 소리를 질렀다. 제희가 그녀의 뒤쪽에 서 있다가 제때 그녀를 붙들지 않았더라면 계곡의 뾰족한 돌들을 향해 굴렀을지도 몰랐다. 먼저 비탈에 올라섰던 제희네 아버지가 크게 웃으며 그녀의 오른쪽 팔을 잡고 위로 끌어당겼다. 제희네 어머니는 짤막하게 비명을 지른 뒤 아픈 팔을 그렇게 마구 당기면 어떡하느냐고 말했다. 그런 얘기를 하면서 그녀는 웃었다. 제희네 아버지도 웃었다. 우리가 좋은 사람들이고 누구에게도 악의가 없다는 것을 보여주고 싶어하는 웃음인 것 같았다. 그 비탈에서, 그 웃음이 점차로 사라지는 것을 나는 아주 이상한 심정으로 지켜보고 있었다. 제희네 어머니는 통증을 참는 듯 눈을 꾹 감은 채로 어깨를 감싸쥐었다.

제희네 부모님은 비탈 위쪽을 단념하고 근처 식물원이나 둘러보자고 말했다. 피곤해 보였고 나들이에 관한 의욕도 사라진 것처럼 보였다. 느리게 이동했다. 나는 비탈을 다 내려온 곳에서 아까는 보지 못했던 안내판을 보았다. 맹금류 축사라고 적힌 안내판이 화살표 모양으로 비탈 위쪽을 가리키고 있었다. 뒤처진 채로 그 앞에 한동안 서 있다가 일행에게 돌아갔다.

위쪽에 맹금류 축사가 있더라고 나는 말했다. 똥물이에요.

저 물이 다, 짐승들 똥물이라고요.

*

나는 오래전에 제희와 헤어졌다. 수목원 나들이가 있고 이 년쯤 지난 시점이었을 것이다. 헤어질 무렵엔 무슨 대화를 나눴는지 모르겠다. 무슨 일을 계기로 헤어지게 되었는지도 지금은 기억나지 않는다. 어째서일까? 그날의 나들이는 이렇게 기억하고 있는데.

수목원을 나오는 길에 제희네 부모님은 들어올 때보다도 떨어진 채로 걷고 있었다. 제희네 어머니는 주머니에서 이어폰을 꺼내 귀를 틀어막은 채 노래를 불렀다. 사랑도 매화처럼 한철이라 한철이로다. 제희는 슬퍼 보였다. 말을 붙여도 대답이 없었고 내 쪽을 쳐다보려고도 하지 않았다. 수목원을 떠나서 집으로 돌아오는 길은 공사중이었다. 도로 양쪽으로 벌겋게 벗겨진 길을 달리다가 산을 향해 움푹 들어간 곳에서 복숭아를 파는 노점을 만났다. 제희네가 먼지 쌓인 노점에서 복숭아를 둘러보고 가격을 흥정하는 동안 나는 손목을 비틀며 차 안에 남아 있었다. 차로 돌아온 제희네 어머니는 내 무릎에 작은 상자를 올렸다. 무화과였다. 불그스름하게 벌어진 것으로 여섯 개가 담겨 있었다. 언젠가 여름에 내가 무화과를 맛있게 먹더라며 집에 가져가서 먹으라고 그녀는 말했다.

이따금 생각해볼 때가 있다.

차라리 내가 제희네 부모님에게 적극적으로 동조하고 흔쾌히 그 비탈에서 내려서서 계곡 바닥에 신나게 돗자리를 깔았다면 어땠을까. 그편이 모두에게 좋지는 않았을까. 그러는 게 옳지 않았을까.

나는 지금 다른 사람과 살고 있다. 제희보다 키가 크고 얼굴이 검고 손가락이 굵은 사람으로 그에게는 누나나 형이나 동생이 없다. 그의 부모님은 자동차로 두 시간 걸리는 거리의 소도시에서 살고 있고 두세 달에 한 번쯤 나는 그와 함께 그 집을 방문해 밥을 먹고 돌아온다. 그는 내게 친절하고 나도 그에게 친절하다. 그러나 어느 엉뚱한 순간, 예컨대 텔레비전을 보다가 어떤 장면에서 그가 웃고 내가 웃지 않을 때, 그가 모는 차의 조수석에 앉아서 부쩍부쩍 다가오는 도로를 바라볼 때, 어째서 이 사람인가를 골똘히 생각한다.

어째서 제희가 아닌가.

그럴 땐 버려졌다는 생각에 외로워진다. 제희와 제희네. 무뚝뚝해 보이고 다소간 지쳤지만, 상냥한 사람들에게.

최근에 나는 텔레비전을 통해 우연하게 그 수목원을 다시 보았다. 나와 살고 있는 사람은 수목원의 규모에 감탄하며 거기 가보고 싶다고 말했다. 나는 제희의 뒤를 따라 터벅터벅 걸었던 가로수길을 멍하니 보고 있다가 거기 간 적이 있다고 답했다. 언제 누구와 갔느냐고 묻는 것처럼 그가 나를 바라보았으나 더는 아무 말도 하지 못했다.

나는 그날의 나들이에 관해서는 할말이 많다고 생각해왔다.

모두를 당혹스럽고 서글프게 만든 것은 내가 아니라고 말이다.

명실

그리고 그녀는 노트가 한 권 필요하다고 생각했다.

금요일 저녁이었을 것이다. 오후 어느 때 그녀는 잘 사용하지 않는 찬장을 열었고 무슨 생각으로 그걸 열었는지 잊은 채로 어둑한 선반을 들여다보고 있었다. 놓인 자리에 고스란히 놓여 있는 찻잔들엔 파란색과 녹색으로 데이지 무늬가 있었고 테두리의 금빛은 약간 바래 있었다. 그녀는 그중에서 가장 아껴가며 사용했으나 이제는 사용하지 않는 찻잔을 알아보았다. 아마도 그 순간쯤이었을 것이다. 노트가 한 권 필요하다고 그녀는 생각했다. 새로 살 필요는 없었다. 실리의 노트가 이 집안 어딘가에 몇 권쯤 남아 있을 테니까. 그녀는 다른 찻잔들보다 깊숙하게 놓인 찻잔을 보았고 받침 모서리를 잡아 앞쪽으로 끌어당겼다. 찻잔이 받침 안에서 달캉, 소리를 냈고 그걸 듣는 순간 노트에 관한 생각은 말갛게 멀어졌다.

다시 금요일이 되었을 때 그녀는 노트를 다시 생각해냈고 이번엔 지체 없이 책장 앞으로 가서 마땅한 걸 찾기 시작했다. 책장 어디쯤에 사용하지 않은 노트를 모아두었는데 그게 어느 칸이었는지 생각나지 않았다.

그녀의 집엔 수만 권의 책이 있었는데 그게 다 실리의 책이었다. 그녀의 책은 단 한 권도 없었다. 실리가 생전에 책을 냈더라면 그녀의 책도 한 권이나 어쩌면 몇 권쯤은 있었을 것이다. 실리가 이름을 적어 선물했을 테니까. 아마도 그 책의 첫 페이지엔 명실아, 하고 적혔을 것이다. 다른 것 없이 명실아. 언제고 자신의 책을 낸다면 첫번째 증정본엔 그렇게 적을 거라고 실리는 말하곤 했지, 하고 그녀는 생각했다. 고맙다거나 사랑한다거나 말하지 않고, 명실아. 그녀는 그것으로 충분하다고 대답했고 정말 그렇게 생각했다.

그녀는 고개를 젖히고 서서 책들의 등을 위쪽부터 찬찬히 살폈다. 바래고 묵은 책들이었다. 실리는 자신만의 기준으로 책을 꽂아두었고 그걸 대부분 기억하고 있었다. 이따금 먼지를 털어낼 뿐 그녀는 수십 년째 실리의 책장엔 손을 대지 않았고 아무도 건드리지 않아 그 책들은 실리가 배열해둔 대로 조용히 낡고 있었다. 인간 없는…… 불안의…… 말할 필요가…… 에 대하여…… 눈에 띄는 제목들이 더러 있었으나 그녀에게 필요한 책은 아니었다. 그녀가 찾는 책은 제목이 적히지 않은 책이었으니까. 다시금 생각이 희미해지기 시작했을 때 그녀는 아무것도 적히지 않은 자주색 책등을 물끄러미 바라보고 있는 자신을 깨달았고 그게 자신이 찾는 책이라는 걸 알았다.

노트를 마련했으니 이제 만년필을.

그녀는 실리의 책상으로 다가가 첫번째 서랍에서 그것을 찾아냈다. 납작한 가죽 필통에 만년필이 들어 있었고 그게 언제나 거기 있다는 것을 그녀는 알고 있었다. 그런데도 그녀는 끈으로 묶인 가죽 필통을 열 때 허둥댔다. 실리의 만년필이 거기 있었고 그녀는 만족스러워 그것을 손에 쥐었다. 종이에 글을 적을 때는 만년필로. 그건 그녀의 생각이라기보다는 실리의 생각이었다. 실리는 자주 그렇게 말하곤 했고 평생 두 자루의 만년필을 가졌는데 어쩌면 그녀가 모르는 만년필을 한 자루쯤 더 가졌는지도 몰랐다. 누가 알겠나. 그녀는 재미있다고 생각하며 그런 생각을 했다. 누가 알겠나…… 그녀는 서랍에 든 잉크병을 쥐고 뚜껑을 비틀어보았다. 검푸른 가루가 떨어졌다. 잉크는 고체가 되어서 병을 뒤집어도 흐르지 않았다. 펜촉도 잉크를 머금은 채로 굳어 있었지만 그것에 관해서는 걱정할 것이 없었다. 그녀는 만년필을 부엌으로 가져가서, 생전에 실리가 자주 했던 것처럼, 유리컵에 따뜻한 물을 받아 펜촉을 담갔다.

그녀는 현관에 잠시 서 있다가 집밖으로 나섰다. 정오를 조금 넘긴 골목엔 그녀 말고 오가는 사람이 없었다. 그녀는 긴 벽을 따라 느릿느릿 걷다가 완만하게 비탈진 골목을 내려가기 시작했다. 가을을 맞은 나무에서 떨어진 낙엽이 발에 밟혔다. 단풍잎이 바싹 말라 둥글게 말려 있었다. 이렇게 되다가 금방 눈이 내릴 것이다. 겨울이 얼마 남지 않았다고 그녀는 생각했다. 그런데…… 하고 그녀는 생각했다. 요즘은 잉크를 어디서 파나. 문구점에서 팔지 어디서 파나 이 사람아…… 스스로 문답하며 그녀는 깊게 숨을 들이마셨다. 그 계절의 공기가 신선하게 폐를 부풀렸다. 싸늘하고 맑은 날이었다. 덧옷의 성긴 올 사이로 찬바람이 들었는데 햇볕은 따뜻해서 바람만 아니라면 어디 모퉁이에 앉아 있고 싶다고 그녀는 생각했다. 양지바른 곳에 앉아서…… 아무것도 하지 않는다. 다만 햇볕을 쬐면서 지나가는 사람을 구경할 뿐. 내가 어렸을 때는…… 하고 그녀는 계속 생각했다. 동네 모퉁이에 그렇게 앉아 있는 노인들을 잘 이해할 수 없었는데. 눈도 부실 텐데 노인네들이 무슨 생각으로 저런 데 앉아 있는 걸까, 라고 생각했는데. 그냥 그 사람들은 너무 어두운 방에서 살았던 거지. 너무 조용한 방에서…… 그녀는 걸음을 멈추고 신발에 들어간 돌을 털어냈다.

아무리 걸어도 잉크를 파는 곳이 없어 그녀는 계속 걸었고 걷고 보니 시장이었다. 둥근 지붕을 씌운 좁다란 시장이 이어졌고 장을 보려고 나온 사람들이 그 길을 오르내리며 시장 물건을 구경하고 있었다. 그녀도 그들 틈에 섞여 천천히 걸으며 건어물과 생선과 정육과 과일을 두루두루 구경했다. 납작하게 구운 과자와 사탕을 파는 가게에서 그녀는 어렸을 때 명절에나 먹곤 했던 무지개 젤리를 발견했고 그걸 한 봉지 달라고 말했다. 그녀는 한쪽에 겸손하게 서서 과자가게 상인이 종이를 말아 뿔처럼 만든 뒤 거기에 젤리를 담는 것을 지켜보았다. 그녀는 종이 뿔을 손에 쥐고 이따금 젤리를 꺼내 먹으며 계속 걸었다. 젓갈, 장, 기름, 떡, 피, 삼, 향, 비늘 냄새. 어전 앞을 지날 때 그녀는 할머니, 하고 부르는 소리를 들었고 그게 자기를 부르는 소리라는 걸 깨닫고 깜짝 놀랐다. 우리 할머니 오랜만에 나오셨네. 번들거리는 앞치마를 입은 남자가 그녀를 향해 말했다. 그녀가 다시 놀라서 나를 아세요? 나를…… 하고 묻자 그는 알지, 그럼 알지, 우리 할머니 오늘 전어 좀 가져가, 전어가 요즘 죽여주고, 구워도 맛있고 쪄도 맛있어,

둘이 먹다 하나가 죽어도 모르는 맛, 전어야 전어, 하고 말했다.

그녀는 손을 뒤집어서 손등을 바라보았고 그다음엔 손가락을 벌려 손등의 경계를 골똘히 살펴보았다. 손등은 거무스름한 황색을 띠고 있었는데 손가락과 손가락 사이는 여태도 엷은 분홍이었다. 갓 태어났을 때는 전부 그랬을 것이다. 손등도 손바닥도 발바닥도 뒤꿈치도…… 갓 태어났을 때엔 그처럼 말랑말랑하고 부드러웠을 것이다. 갓난아기의 발바닥이 손바닥과 같은 것처럼. 그녀에게는 갓난아기의 도톰한 발을 쥐고 엄지로 발바닥을 문지르며 감탄한 기억이 있었다. 굳은살이라고는 조금도 없는 말랑한 살에 관한 기억이었다. 직립과 보행을 아직 경험하지 않은 인간의 발. 누구나 이런 발을 가지고 태어나는데…… 일단 일어서서 걸음을 배우게 되면 달라지지. 완전히 다른 조직인 것처럼 발바닥도 뒤꿈치도 딱딱해져…… 그게 너무 서글프다고 생각하며 그 작은 발을 한참 만진 기억이 있었다. 그런데 그건 누구의 발이었나. 누구의 아기였나. 여동생의 아이였을 것이다. 그녀의 여동생은 멀리 떨어진 소도시에 살았고 남매를 낳아 길렀다. 바닷가에 그 집이 있었지, 하고 그녀는 계속 생각했다. 여름엔 능소화가 늘어지고 가을엔 백일홍이 끝없이 바래가며 상승하던 마당. 줄에 묶이지 않은 개들이 순한 표정으로 마당을 돌아다녔고 애들이 그 개들의 커다란 머리를 쓰다듬었다. 그녀가 엎드려 있거나 누워 있으면 등이나 배로 꾸물꾸물 기어올랐던 아이들. 땀투성이의 뜨거운 정수리를 내 옆구리에 비벼대던…… 그애들은 모두 어른이 되었겠지. 그들의 소식을 들은 지도 한참 되었다. 한참 되었다고 생각하며 그녀는 싱크대 수챗구멍 근처에 놓인 비닐을 끌어당겼고 그 바람에 비닐 바깥으로 비어져나온 불그스름한 꼬리지느러미를 보고 놀랐다.

그녀는 흐르는 물에 전어를 씻어 바구니에 엎어두고 식초를 사용해 싱크대를 닦은 뒤 찻주전자에 차를 만들었다. 부엌 탁자엔 찻잎 깡통과 일부러 공기에 내놓아 무르게 만드는 중인 과자를 담은 봉지, 옷핀이나 단추를 모아둔 접시, 다른 데로 치우려고 쌓아둔 그릇이 놓여 있었고 그녀는 그 물건들 곁에, 탁자 끄트머리에 찻잔을 두고 만족스럽게 차를 마셨다. 따뜻한 차를 삼키자 졸음이 쏟아졌다. 그녀는 꾸벅꾸벅 졸다가 싱크대에 놓인 컵을 보고 소스라쳐 등을 폈다. 실리의 펜촉이 담긴 유리컵이었다.

나 좀 봐……

오늘은 더 중요한 일이 있었는데…… 그녀는 무더기로 쌓인 책들 앞을 지나 책상이 있는 방으로 들어갔다. 짙은 색을 먹인 고무나무로 만든 책상이 벽에 바짝 붙어 있었다. 상당히 낡았지만 실은 별로 사용하지 않은 물건이었다. 책상을 집에 들이고 얼마 되지 않아 책상의 주인이 세상을 떴으므로. 책상은 수만 권의 책으로 곧 무너져내릴 듯한 책장을 등진 채 놓여 있었다. 사용되는 일도 없이 오랜 세월 그 자리에 있었고 어쩌면 그 때문에 더 낡았는지도 모르겠다고 그녀는 생각했다. 잘 사용하지 않는 전축이 더 빠르게 녹스는 것처럼. 그녀는 의자를 당겨 앉은 뒤 책상 모서리를 잡아보았다. 노트와 새 잉크병이 이미 책상에 놓여 있었다. 그녀는 등을 구부린 채 책상 너머 벽을 바라보았다. 불규칙하게 들뜬 벽지에 얼룩이 번져 있었다. 어느 해 어느 계절, 아마도 여름에 내린 비의 흔적일 것이다. 이렇게 안쪽까지 스밀 정도로 많은 비…… 그녀는 그걸 물끄러미 보고 있다가 여기보다는 창가가, 뭔가를 쓰다가 고개를 들면 밖을 볼 수 있는 창가가 더 좋지 않을까 생각했다. 어디, 하고 그녀는 의자를 밀고 일어났다. 의자는 책상과 마찬가지로 고무나무로 만들어졌고 제법 무거워서 이것을 뒤로 밀어내는 데도 꽤 힘을 들여야 했는데 그보다 몇 배는 무거운 책상을 혼자 옮길 수 있을지 어떨지, 그녀는 의심조차 해보지 않고 일단 측면에서, 당기기 시작했다.

한두 번 삐걱거리는 소리만 났을 뿐 조금도 움직이지 않았다.

너무 오래…… 이 자리에 놓아두어서 그래. 그녀는 그렇게 생각하며 계속 당기다가 그다음엔 밀었다. 팔과 가슴과 허리와 두 발과 무릎에 잔뜩 힘을 주어서 밀고 밀고 밀다보니 어느 순간 그…… 하며 책상이 밀리기 시작했고 그녀는 그게 기뻐서 더 힘껏 밀었다. 그그그그…… 그그그…… 그녀는 책상으로 바닥을 긁으며 나아갔고 마침내 적당한 자리에 당도했을 때 얼굴을 붉히며 허리를 폈다. 팔이 부들부들 떨렸고 가슴이 뻐근했지만 탁한 유리를 통해 바깥이 보이는 자리였다. 봐, 하고 그녀는 부옇게 일어난 먼지 속에서 말했다. 이제 훨씬 좋게 되었다. 그녀는 다시 의자에 앉아 숨을 고르고 잉크에 펜을 담갔다. 정성껏 잉크를 빨아들이자 쉭, 소리가 났고 그녀는 긴장해서 만년필을 꾹 쥐었다. 오늘 안에…… 하고 그녀는 생각했다.

첫 단락을 쓰자.

그리고 그것은 실리에 관한 것이 될 거라고 그녀는 생각했다. 뭐가 됐든, 실리에 관한 이야기. 그런데…… 어떻게 시작해야 좋을까. 실리를, 실리에 관한 것을…… 무엇으로 시작해야 좋을까.

시작은 그렇다 하더라도 마지막은 어떨까. 어떻게 끝내는 것이 좋을까. 실리라면 어떻게 했을까. 실리는…… 하지만 실리는 이야기를 좀처럼 끝내지 못했지…… 하고 그녀는 계속 생각했다. 실리는 아주 적은 분량을 아주 천천히 썼고 매일매일 전날에 쓴 것을 처음부터 짚어가며 다시 썼다. 덕분에 실리의 이야기들은 마지막에 이르지 못하는 경우가 많았고 대개는 언제까지고 시작을 반복하거나 매번 시작되는 이야기로 남았다. 본인은 그 점을 괴롭게 여겼지만 그녀는 그래도 좋았다. 실리의 문장, 실리의 골격을 닮은 문장이 매일 조금씩 달라지면서 이야기도 조금씩 달라지는 걸 지켜보는 게 좋았다. 실리는 자신의 원고를 그녀 말고는 아무에게도 보여주지 않았으므로 그녀가 그 문장, 그 이야기들의 유일한 목격자였다. 그리고…… 그리고 이야기를 시작할 때 실리는 그녀를 앉혀두고 이렇고 저런 이야기를 하고 싶다고, 바로 그런 이야기를 쓸 거라고 눈을 빛내며 말했고 사실을 말하자면 그녀는 실리의 문장을 읽는 것만큼이나 실리의 이야기를 듣는 게 좋았다. 어떤 이야기들은 실리가 그녀에게 이야기를 하는 동안 이야기가 되었다. 그것으로도 충분하다고 그녀는 생각했다. 그녀는 퇴근하고 돌아온 실리가 책상에 작은 등을 켜두고 그 불빛을 향해 등을 구부리고 앉아 뭔가를 쓰던 모습을 생각했다. 그런데 한번은 실리가…… 그렇게 쓴 이야기들을 밖으로 던져버린 적이 있었지…… 창문 밖으로. 공영주차장과 도로가 내려다보이는 창문으로. 그녀는 당장 그걸 주우러 내려가고 싶었지만 실리가…… 실리가 도깨비처럼 눈언저리를 붉힌 채 서 있었으므로 그런 실리를 지켜보느라고 움직일 수가 없었다. 거실과 부엌에 달린 커다란 창들이 밤새 바람에 덜컹거렸다. 힘든 밤이었어…… 나중에 몰래 내려가보니 그 이야기들은 이미 돌이킬 수 없도록 사방으로 흩어지거나 도저히 주울 수 없는 곳으로 날아가버린 뒤라서 몇 장 남아 있지 않았다.

실리가 세상을 뜨고 나서 그녀는 그녀가 읽거나 들은 실리의 이야기들, 그 이야기들이 어떻게 시작되고 어떻게 이어졌는지를 기록해보려고 했으나 제대로 해낼 수 없었다. 그녀가 가진 것은 파편들이었다. 문장이라기보다는 목소리였고 모으려고 할수록 멀어지고 흩어지는 메아리들이었다. 실리의 이야기들은 책이 되지 못했다. 그 대신이랄 것도 없었지만 실리가 사 모은 책들이 이 집에 남았고 그 책들이 이제 그녀의 등뒤에 있었다. 그녀는 뒤돌아보지 않고도 어느 선반에 어떤 책이, 어떤 색 표지에 어떤 이름이 적혀 있는지를 다 말할 수 있었다. 다 말할 수 있다고 그녀는 믿었다. 이따금 아니야 그보다는 훨씬 자주 그녀는 그 책들 앞에 서 있고는 했고 그 많은 책 가운데 실리의 책이 없다는 것을 골똘히 생각해보고는 했으니까. 수만 권의 책들. 유명하고 위대한 이름들. 그것들은 일각—角이었다. 일각에 불과했다. 수면 위로 드러난 이름 아래 차갑게 잠겨 있는 이름들이 있었고 그중에 실리가 있었다. 실리가…… 그것을 생각하면 그녀는 얼음처럼 차가운 물 아래 잠긴 실리를 정말 본 듯했고 거기 갇힌 실리를 어쩌지 못해 숨이 막혔다.

한번은, 하고 그녀는 계속 생각했다.

실리를 데리고 여동생의 집을 방문한 적이 있었다. 밤배를 타고 갔다. 섬으로 시집간 여동생의 집엔 대문이 없었고 걸어서 갈 수 있는 거리에 바다가 있었다. 아침이 되어 꽤 멀리까지 물이 빠져나간 바닷가는 단단하고 축축한 모래로 덮여 있었다. 바다 건너 또다른 섬이 보이는 바닷가에서…… 한나절을 놀았다. 모래는 유백색이었고 바다는 먼 데까지 에메랄드색이었다. 잘 웃었고 잘 놀았다. 그런 소리…… 그런 색에 관한 기억이 그녀에게 남아 있었다. 바다의 경사가 완만했으므로 그녀는 수영을 할 줄 모르는 실리를 튜브에 실어 파도에 맡겨두었다.

그녀가 무릎에 모래를 묻힌 채로 바닷가에 앉아 있는 동안 실리는 튜브에 실려 둥실둥실 떠다녔다. 샌들과 카메라, 몸을 닦으려고 챙겨갔지만 모래가 잔뜩 달라붙어 무용지물이 되고 만 수건…… 걸어서 건널 수 있을 것 같은 바다를 사이에 두고 섬이 있었고 그쪽 해안에도 집이 있었다. 빨갛고 파란 지붕이 보였다. 옥상에 널어둔 빨래까지다 보였다. 명실아, 실리가 그녀를 불렀다. 수면 아래 해초 군락지가 있었다. 그 부근의 바다가 검었다. 거대한 반경을 가진 구멍처럼 보였는데 그쪽으로 떠내려가며 실리는 두 팔로 바다를 젓고 있었다. 그 얼굴. 그 젊고 앳된 얼굴. 그런데 그 얼굴이 어땠는지…… 어떤 표정을 하고 있었는지 그녀는 잘 기억할 수 없었다. 아주 멀리 떨어진 광경을 보는 것처럼 지나치게 멀었다. 실리는 그 바닷가에서 아주 작았고 튜브에 얹힌 채로 둥실둥실, 그런데 그 얼굴을 떠올리려고 할수록 풍경의 가장자리부터 어두워졌다. 너무 어둡고 너무 느려서…… 이상하기도 해라, 하고 그녀는 생각했다. 어떤 기억은 맛이 느껴질 정도로 선명한데 어떤 것은 눈앞에 질긴 막을 씌운 것처럼 불투명했다. 어느 해인가의 여름…… 그런데 그게 어느 해였지? 실리와 내가…… 몇 살 때였지?

여동생이 알 것이다. 그녀는 의자를 밀고 일어나 부엌으로 갔다. 냉장고에 자석으로 고정해둔 메모지가 있었고 그녀는 그 낡은 종이를 들여다보며 가장 익숙한 번호를 찾아내 그 번호로 전화를 걸었다. 수화기를 쥐고, 어둡고 긴 터널을 통해 듣는 것처럼 막막하게 들려오는 발신음을 들었다. 여보세요, 하고 누군가 전화를 받았다. 그녀는 말했다.

영실이냐.

네?

영실이.

이모…… 이모예요?

영실이랑 통화를 좀 하고 싶은데.

……

여보세요?

이모, 엄마 전화 받을 수 없는 거 아시잖아요.

거기가 영실이네 집 아니에요?

이모?

이모라니…… 그녀는 두렵고 당황스러워 전화를 끊었다. 나는 영실이를 찾는데 왜 자꾸 나더러 이모라고 하나. 나를 이모라고 부르는 이 여자는 누구인가. 라인이 이상한 곳으로 연결된 게 틀림없다. 누군가 그렇게 되도록 해코지를 해둔 것인지도 모른다. 그녀는 싱크대에 배를 대고 한동안 서 있다가 사이렌 소리를 들었다. 사이렌이 울리

고 있었다. 그녀가 기억하기로 민방위 훈련날이 아닌데도 높고 다급
하게. 그녀는 공습을 알리는 사이렌, 공습경보라고 여겼고 드디어, 라
고 생각했다. 드디어. 이렇게 아무렇지도 않게…… 그러나 그녀가 꼼
짝도 하지 않고 그 자리에 서 있는 동안 점점 소리가 다가왔고 그녀는
그게 양파와 마늘을 팔아보려는 확성기 외침이라는 것을 알았다. 아
득하게 생각이 멀어졌다.

    그녀는 의자 곁에 서서 방금 누군가 앉았다 일어난 것 같은 각도로
벌어진 의자, 그리고 책상을 바라보았다. 책상과 의자의 각은 왼쪽으
로 약간 열려 있었다. 조금 전까지 여기 앉아 있던 누군가는 왼쪽으로
일어서서 나갔을 것이다. 그게 나였나. 그게 자기였다는 것을 알고 있
는데도 그 광경을 낯설다고 여기며 그녀는 의자에 손을 올렸다. 의자
에 앉아 만년필을 손에 쥐었다. 그새 식어서 섬뜩할 정도로 차가웠다.
그녀는 만년필을 쥐고 체온과 비슷해져서 이물감이 사라질 때까지 기
다렸다. 이것은 계속 쥐고 있어야 하는구나, 하고 그녀는 생각했다.
    실리의 두번째 만년필이었다.
    첫번째 만년필은 그녀가 실리의 이름을 새겨 선물했는데 실리는 그
걸 바닷가에서 잃어버렸다. 여동생의 집이 있는 그 섬에서…… 거칠
게 쪼개진 돌이 많은 해안으로 산책을 나갔다가…… 거기 어디쯤이
었을 것이다. 만년필을 떨어뜨린 게. 해안을 빠져나와 숙소로 돌아가
는 길에 실리는 수첩에 꽂아둔 만년필이 없다며 울상을 했고 함께 되
돌아가 여기저기를 살폈지만 끝내 찾지 못했다. 아마도 돌 틈 어딘가
에 떨어졌을 것이다. 잘 보이지도 않는 틈으로. 만년필은 지금쯤 삭아

서 형태도 알아볼 수 없을 것이다. 녹이 잔뜩 달라붙은 나뭇가지 같은 형태로나마 남아 있을지도 모르겠다. 진작 사라졌는지도 모른다. 오랜 세월 밤과 낮을 겪으면서. 파도와 바람에 서서히 깎이면서.

실리는 늘 다루곤 하는 사물에 특별한 애착을 품었고 종종 그런 사물들에 어떤 정서가 있다고 우겼다. 머리핀, 신발, 안경, 열쇠, 동전 지갑, 필기구…… 낯선 곳에 가면 쓰레기 한 점 버리는 것에도 신중했고 혹시나 그런 장소에서 물건을 잃어버리는 일이 생기면 낯선 곳에서 그 물건이 무엇을 느낄지, 그래 정말 무엇을 느낄지, 그 조그만 사물이 난데없이 그 자리에 홀로 남아 얼마나 애가 타고 허탈할지, 그런 것을 다 속상해하고는 했다. 본인이 혼자가 되는 것을 두려워했기 때문이지, 하고 그녀는 생각했다. 실리는 외로움을 많이 타는 사람이었으므로 무언가를 혼자 남겨두는 것에 예민하게 반응했다. 사람만이 아니고 사물도…… 사물에게도.

사물도 그리워하는 마음이 있을까. 사물에게도.

실리는 언젠가 그녀에게 이런 이야기를 들려준 적이 있었다. 새벽에 벌판에 당도해 누군가를 기다리는 사람에 관한 내용이었다.

누구를 기다려?

연인을.

왜 기다려?

거기서 만나기로 했으니까.

얼마나 기다려?

상당히 오래……라고 대답한 뒤 실리는 그건 괜찮아, 라고 덧붙였다.

마리코는 대부분 늦으니까, 괜찮다고 생각하면서 그 사람은 기다리는 거야.

마리코?

그 사람이 기다리는 사람의 이름이 마리코……

그래.

그런데 그 사람은 이제 앉고 싶어. 앉고 싶다. 앉고 싶다고 생각하며 벌판에 서 있는 거야.

앉으면 되지.

그게 안 돼. 앉으면 말이야…… 앉으면 되지, 그 사람도 그렇게 생각해서 앉았는데 벌판 가득 풀이 자라서 그 속에 앉으면 길게 자란 풀에 묻히는 거야. 마리코가 자칫 알아보지 못하고 지나갈지도 모르잖아? 그래서 서서 기다려. 서서 지평선을 바라본다. 바람이 불 때마다 벌판이 흔들리겠지. 풍성하게 자란 풀과 풀이 서로 닿아 소리를 내고 바람의 방향으로…… 물결처럼…… 그 사람은 생각해. 마리코는 어느 방향에서 올까. 조금씩 방향을 바꿔 서며 지평선을 바라보는 거야. 그런데 이 벌판에 온전히 혼자인 것은 아니라서……

누가 있어?

누가 있지. 책상과 의자가.

책상과 의자를 무엇 아니고 누구인 것처럼 실리는 말했지, 하고 그녀는 생각했다. 실리는 그런 이야기를 쓰겠다고 말했고 그녀는 밤에 어두운 천장을 바라보며 그 이야기를 들었다. 바람이 불고 천장이 검게 일렁이는 것 같았지…… 벌판에서 누군가를 기다리는 사람과 책상과 의자. 그건 꼭…… 죽은 사람들에 관한 이야기 같다고 그녀가 말하자 실리는 그런가, 라고 대답했다. 죽은 사람이 죽은 사람을 기다리는 이야기. 실리는 그걸 완성하지 못하고 죽었다. 그를 언제까지고 벌판에 내버려둔 채로 죽고 말았다. 실리의 화자는 내내 벌판에 있는 것이다. 마리코가…… 알아보지 못하고 지나갈까봐 앉지도 못하고 서서.

그녀는 생각했다.

사람이 죽은 뒤에도 끝나지 않는 뭔가가 있다는 것, 너와 내가 죽은 뒤에도 만날 수 있다는 생각은 얼마나 위안이 되나. 얼마나 아름다운가. 나는 죽어서, 실리를 만날 것이다. 실리가 기다리고 있을 것이다. 실리는 죽었지만 살아 있는 인간으로서는 상상할 수도 없고 알 수도 없는 어떤 것, 어떤 상태로든 남아 있을 테고 내가 죽은 뒤, 실리와 나는 서로 그런 상태로, 그런 상태로라도, 만나게 될 것이다. 그런 세계가 있을 것이고 그런 세계에 실리가 있을 것이다. 이런 상상은 얼마나 위안이 되는가.

그러나 없다.

없다.

점차로 없고 점차로 사라져가는 것이 있다. 그뿐이다.

그녀는 실리의 사진을 여러 장 가지고 있었다. 어린 시절의 사진은 실리의 가족들이 가지고 있었으므로 그녀가 가지고 있는 것은 전부 스무 살 이후의 사진이었다. 실리는 사진 찍히는 것을 좋아하지 않아서 많지는 않았지만 그래도 상당히 있었다. 회전목마를 바라보고 있는 실리, 검은 바위에 앉아 있는 실리, 물이 빠져나간 해변에서 야트

막힌 물에 갇힌 치어를 들여다보고 있는 실리, 깜짝 놀란 듯 뒤를 돌아보고 있는 실리, 카메라 렌즈를 향해 손을 뻗고 있는 실리, 그녀는 그 사진들을 뚜껑이 달린 종이 상자에 넣어두었고 최근 십여 년 동안 그 상자를 열어본 적이 없었다. 열어볼 이유가 없었다. 사진들, 그건 그냥 밋밋한 종잇장이었다. 그렇게 되는 순간이 왔다. 처음에…… 처음엔 그 모든 사진들 속에 실리가 있었다. 어떤 사진은 특별한 뭔가가 깃든 것처럼 생전의 실리가 고스란히 느껴졌다. 죽음이라는 무지막지한 충격을 받고 몸에서 떨어져나간 실리의 부스러기가 그 사진으로 깃든 것처럼. 실리의 눈이었고 실리의 코였고 실리의 이마, 실리의 입이었다. 그녀가 사진을 통해 실리를 보듯 실리도 사진 속에서 그녀를 보았다. 그랬는데 어느 순간 사라졌다. 그것이 사라졌다. 사라졌고 거기 실리는 없었다. 눈의 형상, 코의 형상, 이마라는 형상, 입의 형상…… 그렇게 모이고 번진 잉크의 흔적일 뿐, 사진 속 인물이 실리라는 걸 그녀는 이해할 수 없었다. 그런 순간이 왔다. 실리가 이제 없다는 것을 사진처럼 생생하게 느끼도록 만드는 것이 없었으므로 그녀는 사진을 모아 상자에 넣고 다시는 들여다보지 않았다.

그러므로…… 그러므로 이제 기억뿐이었다. 그녀가 가지고 있는 기억. 가지고 있다고 믿는 기억.

그러나 이것들은 다 없어진다. 나와 더불어서. 나의 죽음과 더불어 조만간, 아마도 곧…… 아무도 실리를 모르게 되는 순간이 올 것이고 실리는 영원히 잠길 것이다. 망각으로.

실리는 마침내 죽는 것이다.

그녀는 가만히 앉아 그것을 상상해보았다. 그게 어떨지 생각을 해보았다. 어둠이었다. 모든 것을 지우는 어둠. 모든 것을 아무것도 아니게 만들어버리는 어둠.

실리는 죽을 때 어땠을까.
그런 어둠을 보았을까.
그런 어둠.
나를 걱정했을까.
나를 남겨두고 가는 것을.
그녀는 창밖을 내다보았고 잎이 절반쯤 떨어져나간 상수리나무 아래로 누군가 걸어오는 것을 보았다. 바람에 흔들리는 나뭇가지 아래로 운동화를 신은 두 발이 보였고 그다음엔 검은 바지를 입은 다리, 자주색 점퍼, 검은 머플러, 추운 듯 턱을 머플러에 묻은 얼굴을 보았다. 그녀는 그 얼굴을 왠지 아는 것 같았고 그 사람을 부르려고 벌떡 일어났다가 그만두었다. 이름이 생각나지 않았다.
실리는 오래전에 죽었다. 본래도 폐가 좋지 않았다. 스무 살이 되기도 전에 결핵을 앓았고 그뒤로 줄곧 폐가 굳어가는 병을 앓았다. 실리가 숨을 들이쉬면 가슴에서 소리가 났다. 뭉치고 굳은 조직이 구겨지는 소리, 끝없이 들이쉬어도 모자랄 것 같은 소리…… 실리는 이따금 화장실이나 베란다 같은 곳으로 문을 닫고 들어가 혼자 숨을 몰아쉬고는 했다. 평생 그 소리에 귀기울이며 가슴을 졸이다가 너무 이르게 늙어버린 실리의 어머니는 그녀를 처음 만난 자리에서 말없이 눈물을 흘렸다. 실리의 어머니도 죽었다. 그녀는 그것을 아주 이상하다고 여기며 한번 더 생각해보았다. 실리도 죽고 실리의 어머니도 죽었다. 나는 남았다. 얼마나 됐나. 얼마나 오래 남아 있었나.

그녀는 실리의 책들과 더불어 이 집에 남아 있었다. 수만 권의 책, 그걸 담은 선반. 그걸 어떻게 말해야 좋을까. 그게 그녀의 등뒤에서 무너지고 있었다. 그녀는 매 순간 그 소리를 들었다. 흡족하게 그 소리를 들었다. 실리가 죽고 얼마 지나지 않아서였을 것이다. 그녀는 어느 날 그 책들 앞에 서서 그 이름들을, 그 이름들이 새겨진 책들을 골똘하게 노려보았다. 그게 실리를 죽였다고 생각했다. 이까짓 것들. 엄청난 활자들, 이야기들, 실리의 이름이라고는 한 점 찾아볼 수도 없는, 아우성들. 실리는 그걸 읽으려고 자주 밤을 새웠고 그러고 나면 아주 상태가 좋지 않았다. 어느 때 그녀는 실리가 그 책들을 향해 고개를 숙인 채로 한 장 한 장 책장을 넘길 때마다 한 장 한 장 실리가 죽어가고 있다고 느꼈다. 그녀의 눈에는 그게 보였다. 책장에서 날아오르는 각질들, 실리의 숨을 틀어막는 먼지들, 그런 것을 뿜어내며 형편없이 낡아가는 사물들. 그녀는 그 책들 위로 기름을 붓고 불을 붙인 성냥을 던지고 싶었다. 그 이야기들에 이르는 이야기를 쓰지 못해 자책하고 괴로워하는 실리는 또 어땠나. 그까짓 것, 그까짓 것들이 실리를 죽였다. 그렇게 생각했고 그렇게 믿었다. 수십 년이 흐르는 동안 그녀는 어느 것도 펼쳐보지 않았다. 펼쳐보는 이 없으면 속수무책인 책들. 한 권도 버리지 않고 그 책들을, 그 책상을…… 닫히게 만들었고 죽게 내버려두었다.

해가 지고 있었다.

그녀는 여전히 첫 단락을 시작하지 못한 채로 책상 앞에 앉아 있었다.

어떻게 시작하면 좋을까.

한번은…… 실리를 데리고 여동생의 집을 방문한 적이 있었다. 밤배를 타고 갔다. 하필이면 배를 타고 가고 싶다고 고집을 부린 것은 실리였다. 별을 보고 싶다고 했다. 별을 보게 될 것이라고 기대했다. 하지만 날씨가 좋지 않았다. 하늘은 두꺼웠고 별도 달도 보이지 않았다. 배는 막막한 어둠을 미끄러져 나아갔다. 실리와 그녀는 선실에 있던 낡은 담요를 뒤집어쓰고 갑판에 서서 바다를 바라보았다. 여름이었으나 바람이 찼다. 녹슨 난간 너머는 벼랑이었고 아래쪽에 잿빛 바다가 있었다. 물에 잠긴 스크루가 만들어내는 거품이 뒤쪽으로 흘러갔다. 실리는 마스크를 벗었고 그게 숨쉬기에 훨씬 좋다고 말했다. 몇 번인가 가슴을 부풀려 숨을 쉬었는데 배의 엔진 소리와 바람 때문에 그 소리가 들리지 않았다. 그녀는 담요 속에서 실리의 손을 잡았다. 언제나 차가운 실리의 손. 언제나 뜨거운 그녀의 손. 이윽고 실리는 편안하게 등을 구부리고 섰다. 육지를 떠난 고깃배들이 먼바다에서 집어등을 밝히고 있었다. 그 불빛이 언제까지고 이어졌다. 그녀는 전에 그런 광경을 본 적이 없었으므로 질리지도 않고 그것을 바라보았다. 막막한 어둠 속에서 수평선을 만드는 것은 그 불빛들이었다. 그게 없었다면 다만 어둠일 뿐인 공간을 수평선으로 나누는 것. 그녀는 그게 아름답다고 생각했다. 압도적인 공간에 내던져진 인간에게…… 그것은 참 아름다운 광경이었다. 실리도 그렇게 생각하지 않았을까. 그런 것을 느끼지 않았을까.

그녀는 실리의 이야기를 떠올렸다. 내가 그 이야기의 화자라면…… 나는…… 새벽에 당도했을 것이다. 그 벌판에.

저녁이었는지도 모르겠다.

벌판에 한참 서 있었다. 마리코를 기다렸다. 여기서 만나기로 했다. 상당히 오래 기다렸는데 그것은 괜찮다. 마리코는 대부분 늦으니까.

다만 앉고 싶다.

앉으면 되지.

앉으면 되지, 라는 생각으로 잠시 앉았으나 일어났다. 벌판 가득 풀이 자랐다. 그 속에 앉으면 길게 자란 풀에 묻혀 보이지 않을 것이다. 마리코가 자칫 나를 알아보지 못하고 지나갈지 몰랐다. 서서 지평선을 바라보았다. 바람이 불 때마다 벌판이 소소하게 흔들렸다. 풍성하게 자란 풀과 풀이 서로 닿아 소리를 내고 바람의 방향으로 마른 물결이 번졌다. 마리코는 어느 방향에서 올까. 조금씩 방향을 바꿔 서며 지평선을 바라보았다. 나는…… 이 벌판에 혼자인 것은 아니다. 책상과 의자. 그게 있다. 나처럼 절반쯤 풀에 묻힌 채로 놓여 있다. 이 책상과 의자는 오래 버티지 못할 것이다. 한낮엔 햇볕에 노출되고 한밤엔 이슬에 노출될 테니까.

조금만 앉아 있자.

그녀는 양해를 구하고 의자를 당겨 앉았다.

앉아서 마리코를…… 실리를 기다렸다.

이렇게 앉아서 몇 번의 겨울을 더 맞게 될까. 몇 번의 봄과 몇 번의 여름을. 그녀는 생각했다. 죽은 뒤에도 실리를 만날 수 있다고 생각하는 것은 얼마나 난처한 상상인가. 얼마나 난처하고 허망한가. 허망하지만 얼마나 아름다운가. 그게 필요했다. 모든 것이 사라져가는 이때. 어둠을 수평선으로 나누는 불빛 같은 것, 저기 그게 있다는 지표 같은 것이.

그 아름다운 것이 필요했다.

그녀는 노트에 만년필을 대고 잉크가 흐르기를 기다렸다. 제목을
적고 쉼표를 그리고 이름을 적었다.

겨울이 얼마 남지 않았다고 그녀는 생각했다.

누
가

초인종이 울렸을 때 그녀는 잘 닦이지 않는 얼룩을 닦고 있었다. 일주일 전에 그녀는 이 집으로 이사했다. 방이 두 개, 베란다가 있고 낡은 세면대와 긴 거실 창, 녹슨 경첩으로 간신히 고정된 문짝이 달린 신발장이 있는 집이었다. 이사를 온 뒤로 며칠은 일이 바빠 그녀는 이 집에서 잠만 자고 나갔다. 아침에 머리를 말리고 바로 집을 나간 뒤 저녁에 돌아와 씻고 다시 잠자리에 드는 나날이었다. 이사 왔을 때 도배 풀 흔적으로 끈적끈적한 거실 바닥만 대충 닦고 지냈는데 일주일이 지나자 풀기가 방으로 확장되어서 침대 바로 앞까지 바닥이 끈적끈적했다. 시큼한 냄새도 났다. 그녀는 스프레이 통에 담긴 세제를 바닥에 뿌린 뒤 물티슈와 걸레를 사용해 바닥을 닦았다. 물티슈로 훨씬 잘 닦인다는 것을 알아낸 뒤로는 주로 그걸 사용했는데 잘 닦인다는 것은 어쨌든 걸레보다는 잘 닦인다는 의미였다. 이미 굳어버린 풀 흔적은 닦아도 말끔하게 닦이지 않았다. 묘한 무늬로 굳은 풀에 걸레를 대고 문지르면 얇은 막으로 고르게 번졌다. 없어지는 듯해도 없어지지 않아서 닦아내고 닦아내도 마르고 보면 끈적였다. 그녀는 그날 정오부터 시작해서 일곱 시간째 그걸 하고 있던 참이었다.

그녀는 풀을 먹어 끈끈해진 걸레를 쥔 채로 인터폰 앞에 서서 화면을 바라보았다. 흑백의 조악한 화질로 문 바깥이 보였다. 위층으로 올라가는 계단 일부와 스테인리스 난간, 옆집 초인종이 달린 벽이 오목한 화면으로 떠올라 있었다. 머리를 뒤통수에 당겨 묶은 여자가 그 벽 앞에 서 있었다. 그녀는 처음에 그 여자를 어린아이라고 생각했다. 작아 보였다. 카메라에서 떨어져 있어서인지도 몰랐다. 누구세요? 그녀가 인터폰을 통해 묻자 그 여자가 화면 쪽으로 다가와 윗집이라고 말했다. 둥근 얼굴, 둥근 목에 깊은 주름이 몇 개 보였고 두 팔을 어색하게 늘어뜨리고 있었다. 무슨 일로? 그녀가 다시 한번 묻자 여자는 뭘 좀 찾고 있다면서 나와보라고 말했다.

그녀는 걸쇠를 건 채 문을 열었다. 여자가 한 뼘 열린 틈으로 얼굴을 들이대고 그녀를 바라보았다. 이 집에서 어제 누가 싸우지 않았어요? 어제요? 누가요? 누가 막 싸우고 울면서 우리 애기 불쌍해서 어쩌나 그러지 않았어요? 어제요? 몰라요 이 집에 애기 없는데. 남자는요 남자하고 싸우지 않았어요? 막 울고? 저 어제 집에 없었어요. 없었다고? 언제 언제 없었는데? 낮에요. 낮에 없었다고? 저녁엔? 저녁엔 있었겠네. 저녁엔 있었죠. 저녁에 그랬는데 못 들었어요?

무슨 일이신데요?

그녀가 재차 묻자 여자는 위쪽을 향해 눈을 흘겼다. 내가, 하고 여자가 말했다. 내가 저기 윗집 사는데 어제 우리 윗집에서 지랄을 하는

거야. 시끄럽다고. 우리집이 그랬대. 소리지르고 울고 애기 불쌍하다
고. 우리집 쪽에서 들렸대. 우리집에 우리 딸하고 나하고 둘이 사는데
내가 장사를 하느라고 낮엔 집에 없고 딸이 집에 있거든. 딸이 서른다
섯인데 공부하고 직장 다니다가 집에 있어요. 우리가 개를 세 마리 키
우는데 개들이 짖지는 않아. 여기는 개 없나? 개가 없어? 개 안 키워
요? 우리 개들은 짖지를 않아. 그런데 어제하고 그제는 개새끼들이
지랄병이 나가지고 어머 나는 정말 개가 그렇게 지랄인 거는 또 처음
봤네. 개들이 말도 못하게 워, 워, 워, 워, 지랄을 하고 무슨 일인지 그
런데 무슨 여자가 울면서 저녁에 소리를 지르는 거야. 그걸 우리 딸한
테 따지고 욕하고 어떤 남자랑 싸우면서 윗집에서 우리 애기 불쌍하
다 불쌍하다.

네?

윗집에서 시끄럽다고 우리집이.

윗집에서 아주머니한테요?

아니 내가.

네?

아니 내가 딸하고 둘이 사니까 어미가 딸을 데리고 나왔네 뭐네 말
도 많고 찧고 까불어들, 그래서 그렇게 따졌거든.

저 무슨 얘긴지……

못 알아듣겠는데요, 라고 그녀가 중얼거리고 있을 때 감색 양복을
입은 남자가 계단을 내려왔다. 그가 계단을 내려와서 다시 계단을 내
려가는 동안 여자는 그의 뒤통수를 향해 침을 뱉는 것처럼 말했다. 인
간들이 뭐가 어쩌고저쩌고 말도 많고 까불지들. 그래서 내가 지금 찾

으러 다니는 거야 범인을. 어느 집에서 그렇게 해가지고 내가 욕을 먹었는지 잡고 말 테다. 왜냐하면 이 집 인간들이, 이봐요 집이.

들어가도 돼? 나 좀 들어가도 돼요?

여자가 그녀를 돌아보더니 문틈으로 간절하게 물었다. 아뇨, 그녀는 깜짝 놀라서 문손잡이를 꾹 쥐며 거실을 돌아보았다. 그녀가 일곱 시간 동안 기다시피 엎드려서 닦은 바닥엔 더러워진 물티슈 조각들과 걸레가 널려 있었다. 아뇨, 지금 뭘 좀 하고 있어서…… 그녀가 대답하자 여자가 문틈으로 거실을 들여다보았다. 침묵이 흘렀다. 그녀는 한 손을 문손잡이에 얹은 채 언제라도 그걸 당겨 문을 닫을 준비가 되어 있는 상태에서 윗집 여자를 바라보았다. 그런데, 하고 여자가 말했다. 이 집에선 못 들었다는 거지? 무슨 여자가 곡을 하고 싸웠다는데 응? 물어보면 다 아니라지. 도대체 그 지랄을 들은 집은 있는데 지랄을 했다는 집은 없어. 내가 이번엔 그냥 넘어가지 않을 거야. 아주 범인을 잡을 거라고. 어느 염병할 집에서 우리를 모함하고 모욕을 주고 괴롭히는지, 내가 이번엔 넘어가지 않을 테다 두고봐…… 그렇게 말하면서 여자는 실례했다거나 이제 가겠다는 말도 없이 중얼거리며 계단을 올라가기 시작했다. 그녀는 여자의 뒷모습을 보고 있다가 문을 닫았다.

밤에 그녀는 침대에 누워 천장을 바라보았다. 조용했다. 이 집은 참 조용했고 그녀는 그게 좋았다. 그런데 윗집에 개가 있다고? 세 마리나? 그녀는 귀를 기울였다. 아무런 소리도 들려오지 않았다. 일주일 동안 이 방에서 잤는데 개 짖는 소리 같은 것은 듣지 못했다. 다만 이 따금 천장에서 또르르…… 하고 뭔가 단단하고 둥근 것이 구르는 소리가 났고 이제 그녀는 그 소리의 이유를 알 것 같았다. 개들이 가지고 노는 장난감 아닐까. 볼 같은 거. 철공 같은 거. 그런데 개들이 그렇게 묵직한 것을 가지고 노나? 그녀는 철공을 굴리며 노는 세 마리 조용한 개들에 관해 생각을 해보았다. 아 그런데 윗집 여자는 좀 이상했지. 미친 것 같았다. 미친 게 틀림없다. 어쩌라고…… 미친년이 별것도 아닌 용건으로 문을 두드리고 아 사람 바쁜데. 내일 아침이나 저녁에 그 여자를 만나게 되면 어떡하지 계단에서. 아 싫다. 아 피곤하다. 만나기 싫고 마주치기도 싫다. 요즘은 어디나 이상한 사람들 천지다. 미친년에 아 미친놈, 천지다.

위기의 행성을 구해낼 단 한 명의 지구인.

그녀는 그걸 떠올렸고 어디서 그걸 봤는지 생각하기 시작했다. 전철에서 봤을 것이다. 전철에서…… 그녀는 사람들의 뒤쪽에서 문이 열리기를 기다리고 있었다. 문이 열리자 사람들이 문을 통해 바깥으로 빠져나갔는데 거기는 사실 바깥이 아니었으니까 정말 바깥으로 나가려는 사람들의 긴 행렬이 다시 만들어졌다. 그녀는 다시 사람들의 뒤쪽에서 앞사람이 움직이기를 기다렸다. 반폭도 되지 않는 걸음으로 느리게 전진하느라고 그녀의 몸이 좌우로 흔들렸고 그녀는 바로 앞사람의 머리와 어깨가 좌우로 둔중하게 흔들리는 것을 바라보았다. 앞사람의 앞사람, 그 앞사람의 앞사람, 앞사람의 옆 사람, 옆 사람의 뒷사람. 대체로 검은색을 띤 머리들이 좌우로 흔들리며 느릿느릿 이동하고 있었다. 지상으로 향하는 마지막 에스컬레이터를 타기 직전에…… 아마도 그때였을 것이다. 그녀는 영화를 광고하는 문구를 읽었다. 읽을 생각도 없었는데 그게 머리 곁에서 번쩍였고 순식간에 그 것을 읽게 되었다. 위기의 행성을 구해낼 단 한 명의 지구인.

좋아하네.

어둠 속에서 천장을 바라보며 그녀는 생각했다. 위기의 행성을 구 해내는 것이 어째서 단 한 명의 지구인이어야 하는 걸까…… 좋다, 구해라 지구인. 성공해라…… 영웅이 되어봐. 행성은 지구인의 활약 으로 위기를 벗어난 뒤엔 영웅의 후손으로 뒤덮일 것이다. 두고봐. 알 에서 깨어난 뭐처럼 행성 전체로 번진 지구인의 후손들이 결국은 위 기에서 벗어난 행성을 다시금 위기에 처하게 만들 것이다. 그녀는 오 늘 아침 아니야 어제 아침이었나, 에스컬레이터 끄트머리에서 휴대폰 을 들여다보느라고 느리게 움직였던 청년을 생각했다. 뒤에서 올라오 는 사람들에 관한 조바심에 그녀가 가방 모서리로 그의 등을 건드렸 을 때 무표정하게 돌아보던 그 얼굴을 그녀는 생각했고 더는 생각하 지 말자고 눈을 감았다. 내일 아침에도 그녀는 그런 사람을 만나게 될 것이다. 심지어 같은 사람이 아닌데도 똑같이 행동하는 누군가와 맞 닥뜨리거나 충돌해서 말할 수 없이 불쾌해질 것이고 속이 상할 것이 고 싫어질 것이다. 다시금 사람이 싫어질 것이다.

그녀는 본래 사람을 싫어하는 사람은 아니었다. 아니었다고 그녀 는 생각하고 있었다. 싫어져서 싫은 거다. 이제 사람이 싫다, 싫어졌 다. 결정적으로 그렇게 된 것은 이전에 살던 집에서였다. 일주일 전까 지 살던 집, 그 동네, 거기 살던 사람들. 그녀는 그 동네에서 십오 년 을 살았다. 정류장이 있는 대로변에서 산책로가 있는 야산까지 오백 미터 직선으로 이어진 완만한 오르막이었는데 그녀가 처음 그 동네로 들어갔을 땐 아무것도 없었다. 세탁소 하나. 구멍가게 하나. 철물점 하나. 중화반점 하나. 연탄과 쌀을 파는 시커먼 가게 하나. 그 밖엔 뭐가 아무것도 없는 동네. 그게 그녀가 그 동네로부터 받은 첫인상이었다. 동네 옛 이름이 월촌月村이었다. 그녀가 월촌에 사는 동안 월촌은 여러 차례 변했다. 길이 변했다. 아니야 길은 그대로 있었는데 길가가 변했다. 아무것도 없던 길에 분식점이 들어섰고 나들가게가 생겼고 무지막지한 양으로 빵을 구워대는 빵집이 생겼고 책도 빌려볼 수 있는 비디오대여점이 생겼고 그것 말고도 여러 가지가 생겼는데 대부분 오래지 않아 업종을 변경하거나 문을 닫았다. 이름이 무려 빵빵빵이었던 빵집의 빵은 남아돌고 음식 만드는 솜씨가 없었던 부부의 분식점은 언제나 한가했다. 비교적 나중에 들어선 나들가게와 비디오가게는 처음부터 의욕적이었는데 그녀는 이 두 가게의 주인들을 가장 불편하게 여겼다. 웬만한 회사에서 과장급으로 일하다가 명예퇴직을 하고 자영업을 시작했다는 그들은 가게를 찾는 손님들에게 과도하게 친절하고 친밀하게 굴었다. 그들의 의욕적인 모습은 그녀를 불편하게 만드는 면이 있었다. 의욕적일수록 보기에 괴롭고 심정적으로 그랬다. 그녀는 그 가게 주인들이 손님을 향해, 그녀를 향해 싱글싱글 웃는 모습을 피해 비스듬히 서 있거나 시선을 다른 데 두고는 했다.

비디오대여점, 거긴 그녀가 살던 집 맞은편이라서 이따금 들른 적이 있었다. 처음에 대여점 사장은 그녀의 고향을 물은 뒤 방향이 같으니 그 정도면 동향同鄕 사람이라고 우겼다. 그는 대여점에 들어서는 대부분의 손님들에게 동향 사람, 형님이나 누님이라고 부르며 붙임성 있게 굴더니 나중엔 빨대를 꽂은 우유팩에 소주를 담아 대낮부터 그

걸 먹으며 계산대 안쪽에 침울하게 앉아 있고는 했다. 하루는 그녀가
사흘쯤 연체된 책을 들고 가서 늦었을 거예요, 봐주세요, 라고 말하며
책을 건네자 그가 갑자기 볼펜을 내던지고 얼굴을 붉혔다. 모두 봐주
고 그러면 어? 연체료가 얼마라고 일일이 그러면 나더러 어떻게 먹고
살라고 어? 요즘 사람들 진짜 뻔뻔하고…… 너무들 하네! 귓불까지
빨개져서 그녀를 노려보는 그를 바라보다가 아뇨 봐달라는 것은 연체
료가 얼만지 봐달라는 거였는데……라고 설명하지도 못하고 가게를
나선 그녀는 너무하네, 라고 생각했다. 그녀는 다시는 그 대여점을 방
문하지 않았고 대여점 사장은 머잖아 장사를 접고 월촌을 떠났다.

대여점이 빠져나간 자리엔 부동산이 들어왔고 그 옆으로 하나씩,
하나 건너 하나씩, 부동산 중개사무소가 들어서면서, 아니야 그런데
어째서 그렇게 많은 부동산이, 그런데 정말 어느 틈엔가 갑자기 그렇
게 되었지, 하고 그녀는 생각했다. 어느 순간 갑자기 부동산이 많아져
서 앞을 보아도 부동산, 옆을 보아도 부동산, 뒤를 돌아도 부동산, 그
길이 온통 그렇게 되는 바람에…… 대여점 자리에 들어왔던 부동산
도 가게를 빼서 나가고 마지막엔 휴대폰 매장이 되었지…… 하고 그
녀는 계속 생각했다. 휴대폰 매장은 처음부터 최저가 판매, 사거리 어
느 집보다 싼 집, 어떻게 하면 안으로 들어와 보실래요? 등등의 문구
가 적힌 종이를 유리에 덕지덕지 바르더니 얼마 지나지 않아 공기를
넣어 부풀리는 풍선간판을 세우고 LED조명등을 설치하고 바깥을 향
해 스피커 두 개를 설치해 음악을 틀어대기 시작했다. 그녀는 그즈음
실업급여를 받으며 집에 머물고 있었고 그 음악에 고스란히 노출되
었다. 쿵 칙 쿵 칙 쿵 직 쿵 직 붕 지 붕 지, 하는 소리들. 소음들. 음악

말고 소음들. 아이돌 그룹의 최신곡으로 그중엔 그녀가 호감을 가지고 있는 곡도 있었으나 그녀는 견디기가 어려웠다. 끝없이 이어지고 반복되는 그 음악들은 누군가의 플레이리스트였으니까. 누군가의 취향으로 조합된 플레이리스트. 그녀가 사는 집 창가에 서면 건너편 건물 일층의 휴대폰 매장에서 일하는 사람들이 다 들여다보였는데 무료한 듯 앉아서 컴퓨터 화면을 들여다보고 있는 남자가 둘, 여자가 하나였다. 그 재생 목록은 그들 중 누군가의 취향이었고 그녀는 자기 집안에서 그걸 어쩔 수 없이 듣고 있어야 한다는 게 너무도 고약하게 여겨졌다. 특별히 유행하는 곡이 몇 번이고 반복될 때도 있었고 그녀는 그것으로부터 차단될 방법을 찾아낼 수 없었다. 이불 속에 머리를 묻어도 들리고 욕실에 들어가서 문을 닫아도 들렸다. 소리는 소리라기보다는 공기의 떨림이자 외벽과 내벽의 진동으로 다가왔고 집이라는 공간 자체가 붕 지 붕 지, 하고 흔들렸으므로 그 공간에 갇힌 그녀의 몸도 흔들릴 수밖에 없었다. 두 달 동안 그녀의 몸엔 특별한 이유도 없이 미열이 이어졌다. 그녀는 그게 소음들 때문이라고 믿었고 공기관에 민원도 넣어보았는데 그때뿐이었다. 어떻게 막을 도리가 없었다. 그녀는 그때 자신이 계급적 인간이라는 것을, 자신이 속한 계급이라는 걸 알았다. 이런 거였구나. 이웃의 취향으로부터 차단될 방법이 없다는 거. 계급이란 이런 거였고 나는 이런 계급이었어. 왜냐하면……

왜냐하면 더 많은 돈을 가져서 더 많은 돈을 지불할 수 있다면 더 좋은 집에서 살 수 있을 테니까. 더 좋은 집에서 산다는 것은 더 좋은 골목, 더 좋은 동네에 살게 된다는 것이고 더 좋은 동네라는 것은 이웃의 소음과 취향으로부터 차단될 수 있는 방법이 있는 동네일 테니까. 그런 동네에서는 서로 간섭하거나 간섭되는 일이 없으니 사람들의 표정은 편안하고 너무하네, 라고 외친다거나…… 너무 친절하게 구는 일도 없을 것이고 지속적인 소음에 시달리는 일도 없을 것이다. 그런 세계는 좋을 것이다. 내게도 권리가 있어. 남들에게 시달리지 않을 권리가 말이다. 예컨대 잡상인, 이런저런 방문객, 확성기 소음, 휴대폰 매장의 무자비한 플레이리스트, 사람들이 망해가는 모습, 그런 것으로부터 해방…… 해방이라기보다는 차단될 수 있는 권리…… 그런 게 있고 그것이 내게도 분명 있는 권리인데 그걸 확실하게 실현하려면 돈을 가지고 있어서 돈으로 그 권리를 실현할 수 있어야 하는 거야. 그렇게 할 수 있는 인간이라야 비로소 그 권리를 가지고 있다고 할 수 있는 계급인 거야. 그런데 나는 그게 아니지. 나는 지금 그게 아니고 아마 죽을 때까지도 그게 아니다. 나는 그래 그거다. 그렇게 할 수 있는 방법이 없는 계급…… 하고 그녀는 그 집에서, 어쩔 수 없게도 계급에 속하는 계급적 인간으로서의 나, 라는 생각을 하게 되었다.

그런데 이 집은 좋았다. 조용해서 좋았다.
집을 보러 다닐 때 그녀가 가장 중요하게 여긴 조건이 그것이었다. 조용할 것. 처음 이 집을 보러 왔을 때 그녀는 다른 것은 거의 보지 않고 그것 한 가지를 염두에 두었다. 석양이 가장 밝을 무렵이었고 창들은 전부 닫혀 있었다. 그녀는 환한 벽을 바라보며 거실에 서 있었다. 너무 조용해서 노랗게 고인 물에 잠긴 것 같았다. 귀가 먹먹할 정도로 아무런 소리가 없었고 그게 좋았다.
그녀가 들어오기 직전엔 노인이 이 집에서 혼자 살았고 그녀는 집을 보러 왔을 때 그를 보았다. 동행한 중개인이 초인종을 눌렀는데도 대답이 없었다. 열쇠로 문을 열고 들어갔더니 노인이 러닝셔츠 차림으로 거실 구석에서 밥을 먹고 있었다. 가장자리가 우그러진 양은밥상에 밥과 보리차와 김치 한 가지를 두고 먹고 있던 그는 방문객을 보고 놀라지도 않고 다만 불쾌하고 귀찮다는 듯 미간을 찡그렸다. 키 크고 마른 노인이었다. 그는 이 집에서 오 년을 살았는데 오 년 동안 작은 방 하나를 사용하고 나머지 공간은 전혀 사용하지 않았다고 말했다. 사용하지 않았다는 방엔 구리 장식이 달린 낡은 목재 가구가 서너 점 놓여 있었고 바닥은 먼지로 덮여 거무스름한 빛깔을 띠고 있었다. 거실과 부엌 바닥도 마찬가지였는데 그녀가 잘 보니 현관에서 노인의 방까지 좁다란 길이 나 있었다. 산속의 짐승이 자기도 모르게 늘 오가는 덤불에 길을 내듯 노인이 발을 끌며 오간 흔적이었다. 그 부분만 바닥재의 본래 색깔이 드러나 밝은색을 띠고 있었다. 그녀는 그런 광경을 전에 본 적이 없었고 깜짝 놀라 그걸 못 본 척했다. 노인이 이 집에서 죽었다면 아무도 몰랐을 거라고 그녀는 지금 이 집에서, 생각하고는 했다. 노쇠로 죽든 자살하든 사고로 죽든 어쨌든 그의 시신은 그에게 무언가를 청구하고 그 빚을 받으려는 사람들에게나 발견되었을 것이다. 연체금이 있을 때나 호명되는 사람들. 노인은 아마도 그런 사람이었고 죽은 지 몇 달 만에 죽은 채로 발견되었다고 뉴스에 나올 만한 사람이란 그런 모습으로 살아가는 사람일 거라고 그녀는 생각했다.

계약할 때는 노인이 나타나지 않고 집주인이 홀로 왔다. 집주인은 점잖은 사람이었지…… 하고 그녀는 계속 생각했다. 점잖은 척을 하는 새끼…… 오 년 동안 노인이 홀로 살던 집엔 그의 냄새가 배어 있었다. 창을 꼭꼭 닫고 살았으므로 갇혀 있던 먼지와 공기를 뒤집어쓴 벽지는 노랗게 굳어 있었고 바닥에도 얼룩이 있었다. 계약서에 도장을 찍기 직전에 장판과 도배를 새로 해야겠다는 이야기가 나오자 집주인은 글쎄요…… 꼭 새로 해야 할 필요가 있을까 싶습니다만…… 제 생각엔 그게 다 자원 낭비이고…… 하며 입을 다셨다. 전세도 아니고 월세로 세입자를 들일 때엔 도배 작업을 새로 해주는 것이 임대인의 관행으로 되어 있다고 중개인이 말하자 글쎄 그게 모두 자원 낭비인데……라며 영 불편한 표정이었다. 그녀는 입을 다물고 그를 바라보았다. 차라리 자신도 형편이 좋지 않으니 사정을 좀 생각해달라고 했더라면 나도 생각을 해보았을 거라고 생각하며 그녀는 그를 노려보았다. 사람들은 왜 이렇게 할까. 대체 이 사람들은 사람에게 왜 이렇게 하는 걸까. 이날의 계약은 어쨌든 벽지를 갈아주는 것으로 마무리가 되었지만 막상 이사하는 날이 되어 그녀가 빈집에 도착하고 보니 일부만 도배가 새로 되어 있었다. 노인이 오 년 동안 머물렀던 방은 벽지도 바닥재도 그대로였다. 바싹 마른 벽에 둥글게 자국이 남아 있었고 그녀는 바로 그 자리에 노인이 머리를 대고 앉았을 거라고 생각했다. 노랗다못해 붉은색을 띤 기름 얼룩. 거기에 머리를 대고 노인은 도대체 뭘 보았을까. 그 방엔 텔레비전도 없었는데…… 그 방향으로는 맞은편에 벽감이 있을 뿐이었다. 모퉁이 방이라서 방의 형태가 일그러져 있었고 세 개의 벽이 그 벽감으로부터 발생된 것처럼 그 벽엔 남은 공간 없이 오로지 벽감뿐이었다. 두 개의 문짝이 달린 길쭉한 벽감. 그녀는 노인처럼 벽을 등지고 서서 그걸 보고 있다가 그게 관처럼 보인다고 생각했다. 생각하고 보니 다른 것이라고는 생각

126

할 수 없었고 그건 꼭 관이었다. 한 사람이나 두 사람이 들어가 누울 수 있는 관. 그녀는 그 방에 자질구레한 짐들을 넣어두었고 노인이 사용하지 않았다는 방에 침대를 들여놓고 지내고 있었다. 그런데……하고 그녀는 계속 생각했다. 그런데 이상하기도 하지. 나는 정당하게 세를 내고 이 집으로 들어왔을 뿐인데 노인을 내쫓았다는 기분이 든다…… 여기를 나가서 노인은 아마 더 좋지 않은 곳으로 갔을 것이다…… 잘 모르면서 그녀는 그렇게 생각했다. 다른 가능성도 있을 수 있었지만 다른 어떤 가능성보다도 그것이 그녀에게는 더 리얼하게 여겨졌으므로 그게 유일한 가능성인 것처럼 생각되었다. 그렇다고 하더라도…… 그게 내 탓인가. 내가 내쫓았나. 그녀는 이불을 발로 차며 돌아누웠다. 노인은 방을 유지할 능력이 없었을 뿐이고 내게는 있었을 뿐. 그냥 그것뿐. 만사가 그뿐.

얼핏 잠들었을 때 그녀는 윗집이 이사 가는 꿈을 꾸었다. 조그만 트럭에 밧줄로 동여맨 짐이 실려 있었고 개가 세 마리 있었다. 트럭 짐칸에 실린 커다란 백구들. 이쪽을 향해 개 세 마리가 짖었다. 헉, 헉, 헉.
헉, 헉?
큰 입을 벌려 맹렬하게 짖고 있는데도 그뿐이었다. 헉, 헉, 헉. 그녀는 전에 성대 없이 돌아다니는 개를 본 적이 있었고 그때 그 개가 그렇게 짖었다는 것을 꿈속에서 기억해냈다. 그래서 그랬구나, 라고 그녀는 생각했다. 그래서 안 들렸어. 개들이 머쓱하다는 듯 입을 다물고 그녀를 보았다.
개들이 다시 헉, 헉, 짖기 시작했을 때 그녀는 베란다를 바라보는 자세로 눈을 떴다. 아직 밤이었고 아주 약간의 시간이 흘렀을 뿐이었다. 그녀의 침대가 놓인 방엔 베란다로 통하는 넓은 유리문이 있었고 바깥에서 비쳐든 가로등 불빛으로 그 문이 주홍색이었다. 유리문을 통해 보이는 베란다 창에 이웃집 감나무 그림자가 번져 있었다. 그녀는 베란다에 누가 있지는 않은지 불안하고 무서웠다. 수상하게 서 있거나 움직이는 것은 없는지 베란다 속 어둠을 유심히 바라보며 생각했다. 내가 문을 잠갔나. 창을 모두 닫았나. 걸쇠를 모두 걸었나. 이 집은 창과 출입구가 너무 외졌으니 더 튼튼하고 더 완벽하고 더 철저한 자물쇠를 달아야겠다. 아 씨 빨리 자야 되는데…… 내일…… 내일 때문에라도 빨리……

그녀는 금융권의 도급으로 전화 상담을 하고 있었고 하는 일은 연체금 독촉이었다. 신용카드를 사용하고 할부금을 갚지 않는 사람들, 현금서비스를 한계까지 끌어 쓰고 갚지 않는 사람들이 있었고 그런 사람들과는 통화 연결도 쉽지 않았다. 어렵사리 연결이 되면 없는 걸 어쩌라고…… 없으니까 썼지 있으면 내가 썼나……라고 애먼 탓을 하거나 화를 냈다. 그녀는 그들을 상대로 고객님…… 없으면 쓰지 말아야지 없는데 왜 써…… 달게 써놓고 왜 갚으라는 사람한테 소리를 지르세요 고객님…… 하고는 말할 수 없고 어디까지나 친절하게, 왜냐하면 딱딱하게 독촉하는 것보다는 친절하게 독촉하는 것이 인간적인 면에서, 어필이 되고 훨씬 수금이 잘된다는 업계 보고가 있었으므로, 친절하게 독촉했다.

채무자들은 마지막엔 대개 내일 넣을게요, 내일, 이라고 대답했는데 그렇게 되지 않는 경우가 대부분이었고 그런 뉘앙스의 내일을 매일 수차례 접하고 보니 그녀에게는 내일이라는 말이 가장 뻔뻔한 거짓말처럼 여겨졌다. 어제…… 어제도 그랬지. 어제도 내일, 이라고 말한 사람이 수십 명은 되었을 것이고 내일…… 날이 밝으면 그녀는 그들에게 다시 전화를 걸어 친절하게 독촉해야 할 것이었다.

그제…… 하고 그녀는 계속 생각했다.

그제는 건너 자리의 상담원이었던 선배의 계약이 해지되었다. 기간 만료 해지. 이게 참 법이 바뀌어가지고…… 이렇게 되어가지고 우리로서도 참 곤란해요…… 적응해서 쓸 만하면 뭐 잘라버려야 하는 사정이니까 우리도……라고 부장은 말했지. 정말로 진심으로 곤란하고 미안하고 당신의 고통에 공감한다는 것처럼 말했지. 안 그랬더라면 좋았을 것이다. 안 그러니까. 안 그러니까 안 그랬더라면 좋았을 건데 그는 그러지 않았지. 재수없는 새끼…… 고객 같은 놈…… 선배가 고개를 숙이고 자기 자리로 돌아갔을 때 그녀는 그 선배의 자리에서 자기 자리까지 남은 거리를 생각하지 않을 수가 없었고 안됐다고 생각했다. 안됐다…… 거기까지. 그 너머는 벼랑이니까.

니가 내 입장이 되었다고 생각해봐……

어제…… 선배는 그녀를 맞은편에 앉혀두고 술을 마시며 말했고 그녀는 잠자코 들었다. 그걸 한번 상상해봐, 라고 말하는 것을 아무런 감흥 없이 아니야 실은 얼마간 불쾌한 기분으로 들으며 앉아 있었다. 바로 옆 테이블에서는 남자들이 식은 고기를 앞에 두고 휴대폰으로 동영상을 들여다보며 빠아빠빠, 라고 외치는 소녀들 가운데 누가 C컵이고 D컵인지 다투고 있었다. 그중에 한 남자가 휴대폰을 차지하더니 그걸 들여다보면서 쯥, 쯥, 쯥, 이를 빨기 시작했다.

밤이 깊어가고 있었다.

그녀는 쿵, 소리를 듣고 다시 눈을 떴다. 처음에 그녀는 누군가 망치로 계단을 내리치며 올라오고 있다고 생각했다. 망치나 무쇠 공 같은 것으로 꿍, 꿍, 꿍, 하고 힘껏 바닥을 때리는 소리로 아니야 진동으로 그녀의 침대가 흔들렸다. 이 야밤에. 어둠 속에서 그녀는 눈을 커다랗게 떴고 그게 누군가의 발소리라는 걸 알았다. 하나가 아니었다. 두껍고 딱딱한 굽이 달린 부츠 같은 것을 신은 여자들이 계단을 오르면서 웃고 헐떡거리고 기침을 하며 떠들고 있었다. 적어도 셋이었다. 위층 어딘가에서 문이 열리는 소리가 났고 그녀는 그녀들이 얼른 안으로 들어가 문을 닫기를 바랐으나 한참이 지나도 그런 기척은 없었고 바로 문밖에서 떠들어대는 듯한 목소리와 웃음소리가 이어졌다. 야…… 저거 좀 치우고 이거 좀…… 나도 줘라 그거…… 아 시원하다…… 그래서 야 걔가 나한테 뭐랬는지 아냐 어 진짜…… 그녀는 침대에서 발을 내리고 앉아 천장을 바라보았다. 쿵, 쿵, 쿵, 쿵, 하고 누군가 위층 바닥을 뒤꿈치로 찍어가며 그녀의 천장을 가로질렀다. 무라무라무라, 누군가 그렇게 말하는 소리도 들려왔다.

무라무라무라?

정확하지는 않았다. 그녀는 침대 모서리를 손으로 붙들고 있다가 거실로 나갔다. 어두운 거실에 서서 문을 바라보았다. 다른 사람들은…… 이 집에 사는 다른 사람들은 어떻게 된 거지. 저 소란을 왜 다들 잠자코 듣고 있지. 다시 한번 쿵, 소리가 났을 때 그녀는 문을 열었다. 뭔가를 굽는 냄새가 났다. 계단 위쪽에 불빛이 번져 있었고 연기가 고여 있었다. 그녀는 망설이다가 계단을 올라갔다. 바로 윗집이었다. 여자애들, 이십대 초반으로 앳된 여자애들이 문을 열어두고 거실에서 고기를 굽고 있었다. 전기 불판에서 기름 튀는 소리가 났고 실내엔 연기가 자욱했다. 그녀의 집과 마찬가지로 살림의 기미가 별로 없는 살풍경한 거실이었다. 그녀가 계단에 서서 그 집 현관 바닥에 쓰러진 구두와 목 짧은 부츠를 말없이 보고 있자 여자애들이 그녀를 알아채고 돌아보았다. 그녀는 조용히 해달라고 말했다.

늦었잖아요.

네 네.

젓가락을 쥐고 불판에 놓인 고기를 뒤적이던 여자애가 죄송하다고 외쳤다. 죄송합니다, 가 아니고 죄송합니다아아아아, 하고 길게 늘인 말이었다. 그녀는 그렇게 말한 여자애를 물끄러미 보고 있다가 작게 말했다. 계단에 울려서요 소리가 크게 들려요 더 크게.

네 죄송해요.

그런데……

그런데…… 하고 그녀는 그 집 거실을 들여다보며 물었다.

개는요?

개요?

개.

무슨 개?

이 집에 개 없어요?

개?

그녀와 가장 가까운 곳에 앉아 있던 여자애가 얼굴을 이상하게 비틀더니 일행을 돌아보았다. 이건 또 무슨 또라이야…… 여자애들이 그렇게 말하듯 자기들끼리 시선을 교환했다. 없는데 개……

그녀가 그 집을 등지고 첫번째 계단참까지 내려왔을 때 쾅, 하고 문이 닫혔다. 야 야 야…… 하고 뭔가를 두들기며 요란하게 웃는 소리가 들려왔다. 야 야…… 그녀는 그게 자기를 비웃는 소리 같았고 아니야 거의 틀림없이 그렇다고 생각했으므로 계단참에 서서 닫힌 문을 노려보았다. 다시 가서 두드릴까? 지금 뭐라 그랬냐고 따질까? 개…… 개가 없다고? 사실은 저 계집애들이 개를 감추고 있는 거 아닐까. 사람을 병신 만들려고 개가 있으면서도 없다고…… 웃는 얼굴로 사람을 모욕하고 병신 만들려고. 그녀는 등이 차가워진 채로 자기 집에 당도해서 현관에 서 있다가 계속 소리가 들려오는 것을 확인하고 도로 올라갔다. 딩동 딩동, 벨을 누르자 여자애들 중 하나가 내키지 않는다는 표정으로 문을 열었고 그녀는 늦었잖아요, 라고 다시 말했다. 네 네.

죄송합니다아아아아.

그녀는 몸을 돌려 계단을 내려갔고 이번엔 문이 닫히기도 전에 킥킥거리며 웃는 소리가 들려왔다. 미친년들이…… 그녀는 집으로 돌아와서 문손잡이를 잡고 서 있다가 다시 올라가서 벨을 꾹 눌렀다. 얼굴을 찡그린 여자애가 문을 벌컥 열더니 그녀가 뭐라고 하기도 전에 알겠다고요, 라고 말했다. 그런데요 이렇게 늦은 시간에 남의 집 벨 누르는 거 실례라고 생각하지 않으세요?

요즘 들어, 하고 그녀는 생각했다.

왜 내게 이런 일이 생기는 걸까. 왜 이렇게 참을 수 없는 일이 많아졌을까. 다른 사람들은 이런 걸 어떻게 참고 있는 걸까. 그보다 나는 여태까지 어떻게 참아왔지? 뭔가 요령 같은 것을 잃어버린 것 같다는 생각이 든다 완전히······

그녀는 침대에 누워서 어두운 천장을 바라보았다. 고기 굽는 냄새가 그녀의 방에 가득했고 연기도 조금 내려온 것 같았다. 무라무라, 하고 크게 떠드는 소리는 더는 들려오지 않았는데 그게 위로가 되지는 않았다. 그녀는 가슴에 손을 올렸다. 그녀가 완전히 피로해진 상태에서 눈을 감았을 때 딩동, 하고 누군가 벨을 눌렀다.

그녀는 두번째 벨소리가 들려왔을 때까지 눈을 감고 있다가 침대에서 빠져나와 거실로 나갔다. 자동으로 점등된 인터폰 불빛으로 거실이 푸르스름했다. 세번째 벨이 울렸고 그녀는 인터폰을 통해 누군가의 넓은 이마와 다급히 계단을 오르는 뒷모습을 보았다. 야 야······ 웃는 소리가 들려왔고 위층 어딘가에서 쿵, 문이 닫혔다. 그녀는 인터폰 화면으로 떠오른 텅 빈 계단과 스테인리스 난간을 보고 있다가 인터폰에 연결된 코드를 뽑았다. 거실이 어두워졌고 고요해졌다. 이게 무슨 일이지······ 하고 그녀는 생각했다. 내가 왜 이러고 있지. 사람들이 왜 이렇게 하지. 대체 이 사람들이 나한테 왜 이렇게······

나는 평생 누군가에게, 하고 그녀는 계속 생각했다.

나는 평생 누군가에게 특별하게 해를 끼친 것도 없는 사람인데.

무라무라무라.

쿵.

쿵.

꿍, 하고 머리 위에서 발을 구르는 듯한 소리가 들려왔고 그게 반복되었다. 그녀는 잠시 서 있다가 가장 가까이 있는 것부터 집어 천장을 향해 던졌다. 어둠 속에서 뭘 집었는지도 모르게 거실에서 부엌으로 부엌에서 방으로 오가며 구두, 달력, 상자, 책, 컵, 숟가락, 숟가락과 젓가락을 손에 잡히는 대로 다시 한줌, 국자, 의자, 접시들, 쓰레기통, 토스터, 책, 책을 몇 권 더, 베개, 극건성용 크림 대용량, 작은 서랍, 가방, 지갑, 사전, 기타, 기타, 기타…… 장난이지, 하고 그녀는 천장을 향해 말했다. 이게 다 장난 같지? 내가 미친 것 같지? 내가 정말 미친 것 같은 얘기 해줄까? 어떤 할아버지가 여기 살았거든? 근데 지금은 어디 갔는지 몰라. 나는 모르고 어쩌면 그 노인도 몰라. 나는 그 노인보다 낫지만 지금의 나하고 그 노인 사이엔 거의 아무것도 없다. 아무것도 없으니까 언제고 나는 그 노인이 있었던 곳에 스무스하게 당도할 것이다. 그 거리를 최대한 유지할 수 있는 방법은 돈뿐인데 나는 돈이 없지. 이상하게 지금 돈이 없고 어쩌면 영원히 없지. 그러니까 말하자면 방법이 없는 거야. 나는 미래에 아주 매끄럽게 그 노인처럼…… 어? 그렇게 될 것이다. 그런 예감이고 그런 예지다. 그 와중에 니들 같은 인간들한테 시달리면서…… 니들 같은 이웃한테 시달리면서…… 그냥 죽…… 사는 거야. 니들은 다를 줄 알지? 다른 줄 알고 다를 것 같지? 그런데 니들하고 나하고는 다른 게 없지. 완전 같지. 서로가 서로에게 고객이면서, 시달리면서, 백 퍼센트의 고객으로는 평생 살아보지도 못하고 어? 나는 이게 다 무서워서 불쾌한데 니들은 이게 장난이고 나만 미쳤고 내가 우습지? 웃어라. 우스우니까 웃어. 우스우니까 웃고 계속 우스우니까 웃으라고. 계속 웃고 더 웃고 웃어 웃어보라고.

마침내 그녀가 숨을 몰아쉬며 팔을 늘어뜨렸을 때…… 사방은 다른 밤처럼 고요했다. 그녀는 헝클어진 사물들 속에 서 있다가 자야지, 하고 생각했다. 빨리 자야지……라고 생각하며 침대로 기어들었고 눈을 감았다.

그녀가 다시 눈을 떴을 땐 방이 특별하게 어두웠다. 베란다로부터 비쳐들던 빛도 사라지고 아주 컴컴했다. 그녀는 벨소리를 들었다고 생각했고 일어나 앉았다. 발에 뭐가 밟혀서 불을 켜려고 했는데 전등 스위치를 찾을 수 없었다. 컴컴한 벽에 손을 대고 이리저리 쓸어보았지만 항상 있던 자리에 그게 없었고 너무 어두워서, 항상 있던 자리 자체를 잘 가늠할 수가 없었다. 그녀는 벽을 더듬으며 거실로 나갔다. 인터폰에 불이 들어와 있었고 그 빛이 거실에 번져 있었다. 내가 저것을 껐나 끄지 않았나. 그녀는 머뭇거리다가 그걸 외면하고 문 쪽으로 살금살금 걸어갔다. 소리를 죽이며 다가가 얼굴을 대보았다. 아무런 소리도 들리지 않았다. 그녀는 시험 삼아 누구세요, 라고 물어보았다. 뜻밖에도 대답하는 목소리가 들려왔는데 뭐라고 하는지 잘 들리지 않았다. 그녀는 열쇠 구멍 쪽에 바짝 귀를 대고 누구시냐고 다시 한번 물었다. 아주 가까운 곳에서 누군가 대답했다.

아래층이야 씨발 년아.

누구도 가본 적 없는

아무도…… 이렇게 오래 걸릴 거라고는 말하지 않았는데. 그는 좁은 좌석에서 한번 더 몸을 비틀었다. 그가 풀어둔 안전벨트의 버클이 왼쪽 엉덩이를 찔렀다. 그는 엉덩이 아래를 손으로 더듬어 버클을 빼냈다. 납작하고 딱딱한 금속이 그의 체온으로 따뜻해져 있었다. 이런 걸 깔고 앉았다는 것도 여태 모르고 있었다니. 그는 귀가 먹먹해 침을 삼켰다. 기압으로 청각이 둔해지니 다른 감각도 둔해진 것 같았다. 그의 아내는 담요로 몸을 감싼 채 앞좌석 등받이에 붙은 스크린으로 영화를 보고 있었다. 유럽을 향해 가는 길이었다. 환승을 대기하는 시간을 빼고도 열한 시간이 걸리는 비행이었다. 각오는 했지만 정말로 이렇게 오래, 라고 여겨지다니. 비행기는 몽골과 러시아의 경계를 날고 있었다. 그는 시간을 보내려고 영화를 보면서 수시로 화면 아래쪽의 재생시간을 확인하고 남은 비행시간을 계산했다. 삼십 분 정도를 예상하고 시간을 확인하면 겨우 오 분이나 육 분이 흘렀을 뿐이었다. 시간이 흐른다는 것, 시간을 보낸다는 것이 지상과는 다르게 감각되었다. 어쩌면 상공에서는, 하고 그는 생각했다. 이렇게 고도가 높은 곳에서는 시간이 좀 다르게 흐르는지도 모르겠어…… 거기다 시간을 거스르는 방향으로 가고 있지 않은가. 매 순간 과거로…… 더구나 밤이었다.

그는 이따금 일어나서 화장실과 좌석 사이의 격벽으로 만들어진 공간으로 걸어가 기지개를 켜고 심호흡을 한 뒤 좌석으로 돌아왔다. 그가 보기에 아내는 그보다 편안하게 비행을 감당하는 것처럼 보였다. 작은 몸집으로 좌석에 푹 묻히듯 앉아서 영화를 보았고 목베개를 목에 끼고 잠도 잘 잤다. 승무원에게 청해 와인도 마셨다. 그는 영화를 한 편 더 고르고 뒤로 몸을 기댔다. 엔진 소음과 기압으로 멍한 채 영화를 보았다. 아이들이 많이 나오는 영화였다. 어른은 단 한 명도 없었고 영화 속에서 아이들도 그것을 궁금하게 여기고 있었다. 여기엔 우리뿐이야. 왜 그렇지? 머리를 왼쪽으로 돌렸을 때 그는 아내가 우는 것을 보았다. 이어폰을 귀에 꽂은 채 꼼짝 않고 스크린을 바라보고 있었는데 뺨이 눈물로 번들거렸다. 좁은 시야각 때문에 그의 자리에서는 그녀의 스크린이 보이지 않았다. 그는 그녀를 내버려두었다. 그녀는 그럴 때가 있었고 곧 괜찮아졌다. 그녀는 곧 울음을 그쳤고 승무원이 지나가자 작은 봉지에 담긴 브레첼을 한 봉지 더 가져다 달라고 말했다. 그는 아내가 봉지를 뜯고 엄지와 검지로 속을 더듬어서 소금이 묻은 과자를 꺼내 입에 넣고 씹는 소리를 들었다. 목을 조금 움직여 목베개의 위치를 바꿨다. 어떻게 해도 자세가 불편했다. 다시 가슴이 갑갑하게 조여왔다. 영화 속 아이들이 아침이면 열렸다가 밤이면

140

닫히는 미로 속으로 발을 들이고 있었다.

　그들은 헬싱키에서 내려 비행기를 갈아타야 했다. 바르샤바를 통해 유럽으로 들어간 뒤 크라쿠프와 프라하를 거쳐 베를린으로 갈 계획이었고 거기서 나올 예정이었다. 여행을 계획하면서 그는 세계지도를 한 장 구해 거실 벽에 붙이고 여정을 따라 각 도시를 연결하는 선을 사인펜으로 그었다. 베를린까지 연결하고 보니 그릇 모양이 되었다. 웃는 입처럼 보인다고 그의 아내는 말했다. 그들의 첫번째 해외여행이었다. 한 계절 전에 갑작스럽게 결정되었는데, 그와 그녀는 전부터 염두에 두고 있었던 것처럼 단숨에 이 여행을 마음먹었다. 결정적인 계기는 아마도 그녀였다. 스모그나 더위 때문일 수도 있었다. 그들이 가게를 닫고 집으로 걸어서 돌아가는 길에 그녀가 사라졌다. 그는 저녁거리에 서서 기다리다가 온 길을 되돌아갔다. 무심코 지나쳤던 여행사 안에 아내가 있는 것을 보았다. 그녀는 접이식 의자에 앉아 여행 상품 설명을 듣고 있었다. 왼쪽 발을 무심하게 의자 바깥으로 뻗고 있었고 방심한 표정이었다. 그는 그 곁에 적당히 앉아 있다가 그녀를 데리고 나왔다. 거기 왜 들어갔느냐고 묻자 뭐? 라고 묻는 것처럼 더워서, 라고 그녀가 대답했다. 며칠째 이어진 열대야로 공기가 탁했다. 밤안개엔 주홍과 초록과 노란 입자들이 섞인 것처럼 보였다. 그녀는 그걸 사람들의 입김이라고 말하곤 했고 내색은 하지 않았어도 질색했다. 그는 그녀의 얼굴을 유심히 보았다. 마흔여섯. 여행을 가고 싶으냐고 묻자 가고 싶다고 그녀가 대답했다.

　그들은 여행사에서 받아온 팸플릿들을 훑어보았고 입구와 출구를 선택했다. 그뒤에는 여행사를 다시 찾아갔다. 도시에서 도시로 이동은 어떻게 하는가. 철도는 어떻게 예약하는가. 숙박은 어느 지점에 마련하는 것이 좋은가. 몇 번이고 여행사를 찾아가 수수료를 지불하고 설명을 듣고 루트를 조금씩 수정했다. 넉 달 뒤 그들은 단단하게 꾸린 여행 가방을 집밖으로 끌어냈다. 둘 다 모직 코트를 입었다. 11월이었다. 그가 잠긴 문을 확인하는 동안 그녀는 입김을 내뿜으며 서 있었는데 목도리를 두르고 있지 않았다. 다 됐어? 잠금쇠, 플러그, 창문들…… 다 됐어. 그들은 조금 얼떨떨한 채 걷기 시작했다. 그녀의 여행 가방엔 직진으로만 굴러가는 앞바퀴와 방향 전환이 자유로운 뒷바퀴가 달려 있었다. 가방이 자꾸 뒤집어져 그녀는 애를 먹었고 그때마다 그는 멈춰 서서 기다렸다. 그녀는 금세 익숙해졌다. 그의 여행 가방엔 서류가 들어 있었다. 항공권, 야간열차 예약증, 호텔 바우처…… 그는 서류들을 여러 장 복사해 그녀의 여행 가방과 여기저기 지퍼 속에 나누어 넣어두었다.

그들은 헬싱키에 도착하기 전에 기내식을 한번 더 먹었다. 안내 방송으로 창문 덮개를 올리라는 지시가 있었다. 헬싱키는 저녁이었다. 그는 착륙 직전에 벌판을 보았고 벌판을 구불구불 누비고 있는 금빛 강을 보았다. 북반구의 침엽수들이 저녁노을에 잠겨 있었다. 비행기가 좌우로 흔들리며 활주로를 향해 하강했다.

바르샤바 공항에 도착했을 때는 이미 밤이었다. 그들은 예약해둔 숙소 근처까지 전철을 타고 갔다. 중앙역에서 지상으로 올라가는 낡은 계단 위로 가방을 끌어올렸다. 방향을 종잡을 수 없어 잠시 서 있었다. 불 꺼진 서울역 광장을 연상케 하는 장소였다. 넓은 도로와 광활한 평지에 어색하게 솟은 빌딩들, 상점들은 문을 닫았고 가로등 불빛은 희미했다. 낙서로 뒤덮인 벽을 등지고 서 있던 젊은이들이 그들을 바라보았다. 그는 그녀의 여행 가방을 넘겨받고 그녀를 바로 곁에서 걷게 했다. 그 시간, 그 거리에, 여행 가방을 끌며 걷는 사람은 그들뿐이었고 동양인도 그들뿐이었다. 그는 그 점들에 유의했다. 그들이 묵을 호텔은 대로변에 있었다. 로비에서 키를 받아 방으로 올라갔다. 저렴한 방을 찾는 여행객들의 냄새가 밴 허름한 방이었다. 가구는 래커 칠이 벗겨졌고 벽지는 낡고 바랬다. LG 텔레비전이 있었다. 그 호텔의 다른 층엔 그보다 좋은 방이 있을 게 분명했지만 그와 그녀는 너무 피곤해 바로 자기로 마음먹었다. 문 앞에 구두를 벗어두었다. 물을 채우지 않은 욕조에 서서 몸을 부딪혀가며 샤워했다. 그는 입을 헹구려고 물을 한 모금 머금었다가 바로 뱉었다. 짜고 비렸다. 그녀는 개의치 않고 몇 번이나 물을 머금어 입을 세차게 헹궜다. 그녀가 먼저 샤워를 마치고 나갔다. 그가 나가 보니 목욕 가운을 입은 채 침대에 누워 있었다. 침대 주변엔 붉은색 바탕에 검은 무늬가 있는 카펫이 깔려 있었는데 욕실에서 나온 그가 맨발로 그 위를 걷자마자 딱딱한 알갱이들이 발바닥에 들러붙었다. 그는 한쪽 발을 들고 서서 찌푸린 얼굴로 발바닥을 살펴보았다. 그녀가 코를 골았다. 그도 누웠다. 수프 냄새가 밴 베갯잇에 뺨을 대고 눈을 감았다.

그들은 함께 여행을 해본 적이 별로 없었다. 전부 해야 다섯 번이나 여섯 번. 첫번째는 제주도에 다녀온 신혼여행이었다. 두번째는 그가 퇴직하기 전까지 다니던 회사에서 단합회로 계곡에 갔을 때로 여행이라기보다는 나들이에 가까웠다. 그땐 그들에게 아이가 있었다. 십육 년 전으로 아이가 여섯 살이었다. 그녀는 아이에게 민소매 셔츠와 반바지를 입혔다. 왼쪽 가슴에 기린 모양의 아플리케가 달려 있었고 반바지는 밑단을 두 번 접어 입는 것이었다. 아이는 양말도 없이 파란 샌들을 신고 있었는데 그걸 신은 채로 개울에 들어가 물살을 거스르며 걷는 바람에 그 여름이 다 가기도 전에 못 신게 되었다. 양지가 몹시 뜨거웠다. 어른들과 아이들이 차양 아래서 점심을 먹고 놀았다. 그도 그녀도 잘 기억하지 못하는 누군가가, 아마도 영업팀의 누군가였을 것이다. 숟가락에 은박지를 감아 마이크를 만들었는데 그들의 아이가 그걸 낚아채 골똘하게 들여다보았다. 돌아오는 차 안에서 그녀가 아이를 혼냈다. 어른들 앞에서 버릇없게 굴어 부모를 망신시켰다고 날카롭게 나무랐다. 그것을 그녀는 자주 기억해냈다. 후회했다.

각자가 챙겨 온 먹거리들로 풍성하게 먹고 마신 나들이였다. 아이들의 팔다리가 반나절도 되지 않아 가뭇해졌다. 세 살부터 열두 살까지, 머뭇거리고 당돌하고 낯을 가리고 볼품없고 건강하고 소리를 지르고 훌쩍이고 저마다의 고집으로 뭉쳐 있던 아이들. 집으로 돌아갈 때가 되어서 아이들을 한자리에 불러모으고 수를 셌다. 하나 둘 셋 넷 다섯 여섯…… 그중 어떤 아이는 대학을 졸업했고 어떤 아이는 엄마가 되었고 또다른 아이는 아버지가 되었다. 스물다섯 명 중에 그들의 아이만 어른이 되지 못했다. 사실이 아닐지도 몰랐는데 그와 그녀는 그렇게 생각했다. 우리 아이만 어른이 되지 못했다.

그와 그녀, 그리고 아이, 셋이서 소풍을 간 적도 있었다. 도시락과 수건을 챙겨 계곡으로 들어갔다. 그들은 낮은 폭포를 찾아냈다. 넓은 바위와 그늘이 있었다. 용소 부근의 물은 청록색이었다. 그가 먼저 물로 들어가고 아이가 들어갔다. 그녀도 들어갔는데 머리까지 담글 수는 없었다. 물이 찼다. 그녀는 물속에 서 있다가 바깥으로 나왔다. 한기가 들어 양지에 앉았다. 물살이 빗긴 것처럼 아이가 말쑥해져 물 밖으로 나왔다. 넓적하고 평평한 바위로 올라가 다시 물로 뛰어내렸다. 아이는 수영을 곧잘 했다. 물을 좋아했다. 아이의 몸이 물에 잠겼다가 떠올랐다. 가느다란 팔이 물을 휘젓는 것처럼 천천히 흔들렸다. 그가 물속에 서서 폭포 쪽을 바라보았다. 그녀는 양지바른 바위에 앉아 부녀를 바라보았다. 바위들이 몹시 따뜻해서 물에 젖은 발로 디뎠던 자국이 금세 말라 사라졌다. 아이가 여덟 살로, 십사 년 전이었다.

그는 매우 고요한 상태로 눈을 떴다. 암막 커튼이 벌어져 있어 날이 밝은 것을 알았다. 창과 문은 꽉 닫혀 있었고 방은 먼지에 잠겨 있었다. 햇빛 속에서 카펫은 더 낡고 지저분해 보였다. 그는 침대 가장자리에 앉아서 카펫에 놓인 두 발을 내려다보고 있다가 호텔 전화를 사용해 국제전화를 시도했다. 메모를 해온 대로 번호들을 누르고 착신음을 기다렸다. 가게를 봐주고 있는 처남에게 도착을 알리고 안부를 물었다. 매형, 처남이 말했다. 우리나라가 망했어요.
한국 정부는 경제적 주권을 상실했다. 지난밤, 그와 그녀가 삼만 피트 상공에 있을 때, 한국 정부는 막대한 빚을 지기로 결정했고 경제적 주권은 국제통화기금으로 넘어갔다. 대규모로 구조가 조정될 것이다. 그는 말문이 막혀 처남의 말을 들었다. 왜 그래? 그녀가 물었다. 그는 그녀의 남동생에게 들은 소식을 말해주었다. 그녀는 상체를 일으켜 침대 머리판에 등을 기댔다. 목욕 가운 앞섶이 벌어져 납작한 가슴팍이 드러났다. 그럼 이제 어떻게 되는 거냐고 그녀가 물었다. 그는 어리둥절해 고개를 저었다. 솔직하게 대답했다. 모르겠다. 국제……통화기금. 그게 뭔지도 모르겠는데.

그들은 호텔 지하로 내려가 아침 식사를 했다. 그들 말고도 동양인이 있었다. 일본어와 중국어, 영어로 말하는 사람들 틈에 앉아 조용히 주스를 마시고 빵에 버터를 발랐다. 한국인은 그들뿐이었다. 돈을 덜 써야 할까? 여행은 계속 해야겠지? 방으로 돌아와서는 막연하게 위축된 채로 앉아 있다가 점심때쯤 호텔을 나섰다. 지난밤 그들이 여행 가방을 끌며 왔던 방향을 등지고 걸어갔다. 넓고 반듯하고 깨끗했으나 쇠락한 인상을 풍기는 거리였다. 현대식 건물들 사이에 그을린 벽을 가진 옛 건물들이 남아 있었다. 세계대전의 폐허에서 아직도 복구중인 것처럼 보인다고 그는 생각했다. 그들은 구시가지 광장을 향해 가는 길에 유대인 상인의 장난감가게에 들렀다. 그녀가 허리를 구부리고 서서 작은 오르골에 달린 손잡이를 돌렸다. 백 개가 넘는 오르골이 있었고 각각의 실린더엔 각각의 악보로 돌기가 솟아 있었다. 아홉번째 오르골을 다 돌려본 그녀가 열번째 오르골로 넘어가는 것을 보고 그가 그녀의 팔꿈치를 잡아 말렸다. 구시가지 광장이 바로 근처였다. 광장의 건물들은 알록달록하게 채색되어 있었고 관광객들이 그 유명한 건물들을 배경으로 사진을 찍고 있었다. 광장엔 말이 끄는 마차가 있었고 레일 없이 타이어가 장착된 바퀴로 달리는 유개열차가 있었다. 그와 그녀는 정각에 표를 끊어 열차에 올라탔다. 게토의 경계선과 마리퀴리박물관 앞을 지났다. 열차 좌석은 쇠로 만들어졌고 완충 장치가 전혀 없어 탑승객들의 엉덩이를 거칠고 딱딱하게 튕겨냈다. 우유 트럭과 시비가 붙어 교차로에서 잠시 멈췄을 때 그녀는 내리자고 말했다. 그들은 반들반들한 돌이 깔린 길로 내려섰다. 카페 테라스를 지나 도자기가게로 들어갔다. 그녀는 파란 물감으로 덩굴과 열매를 그려넣은 도자기들을 둘러보면서 작은 컵들을 선반에서 들었다가 도로 내려놓았다. 그는 그녀의 뒤를 따라다니다가 바깥으로 나와 기다렸다. 그녀가 빈손으로 가게 밖으로 나왔다. 그제야 그들은 거기가 어디인지를 알아보려고 주위를 둘러보았다. 열차가 출발했던 광장으로 돌아가려면 왔던 방향으로 되짚어가는 길밖에는 없어 보였다. 그들은 걷기 시작했다.

옛 성벽 근처에서 그들은 레스토랑으로 들어갔다. 수프와 감자를 곁들인 비프스테이크를 주문했다. 탁자엔 손뜨개로 만든 듯한 레이스보가 깔려 있었고 다홍색 페인트를 바른 벽에는 사진과 포스터를 담은 액자들이 걸려 있었다. 신문 기사를 스크랩한 액자들도 있었다. 그는 그중에 한 가지 기사를 알아보았다. 굵은 활자로 적힌 영어를 읽었다. 패스파인더Pathfinder. 몇 달 전 화성에 당도한 우주선 이름이었다. 일곱 달 동안 우주를 가로질러 화성에 당도한 우주선이 보내온 사진이 그의 눈높이에 있었다. 신문의 나머지 내용은 폴란드어로 적혀 있어 읽을 수 없었지만 무슨 내용인지는 짐작되었다. 한국 신문들도 그 기사를 실었으니까. 이제 탐사선이 그 행성에 머물면서 생물체의 존재 가능성을 탐색할 것이다. 그가 보기에 그곳은 뭔가가 있던 곳처럼 보였다. 뭔가가 있었는데 이미 떠나고 없는 장소. 아직 생명이 당도하지 않은 미지의 행성, 같은 곳이 아니고. 고개를 돌렸을 때 그는 그녀가 그걸 보고 있는 것을 보았다. 그는 레스토랑을 둘러보았다. 커다란 백합 다발이 꽂힌 화병엔 화려한 문양이 그려져 있었고 천장의 낡은 대들보에도 문양이 있었다. 그가 고개를 젖혀가며 그걸 다 보고 난 뒤에도 그녀는 벽에 걸린 기사를 보고 있었다. 그는 물었다.

뭘 그렇게 봐.

아니 화성이니까.

뭐 별거 있나.

아니 저렇게 있는데 못 가볼 테니까 평생.

화성엔 못 가지.

그렇지 우린.

다른 사람도 못 가.

미국이 갔잖아. 사진도 찍고 저렇게.

미국이 간 거지. 아무도 없어 저기엔. 무인無人이었으니까. 저기 갈 수 있는 사람은 지금도 없어.

앞섶에 고기 국물을 묻힌 요리사가 직접 접시를 내왔다. 두꺼운 손등은 머리털과 같은 어두운 색깔의 털로 덮였고 손톱은 뭉툭하게 잘려 있었다. 요리사가 그녀의 눈을 들여다보며 말했다. 키오쓰케테. 플레이트 이즈 핫. 베리 베리 핫. 접시와 잔과 포크에서 비린내가 났다. 음식은 맛있었다. 그들은 먹었다. 물 대신에 맥주를 마셨다.

그녀의 얼굴이 빨갛게 달아올랐다. 그녀는 자전거 이야기를 했다.

하루는 애가…… 아주 당황해가지고 집으로 전화를 한 적이 있었는데…… 말이 앞뒤가 안 맞고…… 엄마 나도 몰라, 모르겠는데, 이러는 걸 제대로 좀 말하라고 혼내가며 들어보니 자전거 안장을 누가 가져갔다는 얘기였어…… 없어졌다는 거야 그냥…… 너 어디냐 했더니 어디래…… 꽤 멀리 갔어 그 어린게…… 그래 그럼 어디까지 와라 하고 내가 갔지 거기로……

아이가 여덟 살 때였다. 안장이 사라진 자전거를 끌며 한 정거장을 걸어온 아이의 얼굴엔 눈물이 번져 있었다. 너무 고요하게 울고 있어서 그녀는 아주 가깝게 다가가서야 아이가 울고 있다는 걸 알았다. 횡단보도로 마중나온 엄마를 발견한 아이가 자전거를 끌고 달려왔다. 누가 안장을 가져갔는데 그게 누구인지 모르겠다며 변명하듯 말하는 아이를 내려다보다가 그녀는 아이의 머리를 배 쪽으로 당겨 안았다. 아이의 머리가 뜨거웠다. 까만 정수리에 달라붙은 은행나무 수꽃을 털어냈다. 안장이 있던 자리엔 세로로 솟은 파이프만 남아 있었다. 안장이 사라진 자전거가 곤혹스러운 세계 자체로 보였다고 그녀는 말했다. 어느 개새끼가 가져갔을까. 안장은 어디에 있을까. 세상이 아이에게서 통째로 들어낸 것, 멋대로 떼어내 자취 없이 감춰버린 것. 이제 시작이겠지, 하고 나는 생각했지…… 이렇게 시작되어서 앞으로도 이 아이는 지독한 일들을 겪게 되겠지. 상처투성이가 될 것이다. 거듭 상처를 받아가며 차츰 무심하고 침착한 어른이 되어갈 것이다. 그런 생각을 했지……

그는 듣는 둥 마는 둥 했다.

몇 번이고 들은 이야기였다.

이튿날 그들은 다시 가방을 끌며 중앙역으로 갔다. 열차는 정시에 출발했다. 낮고 부드러운 곡선으로 창밖을 스쳐가는 구릉들을 바라보며 앉아 있다가 크라쿠프에 내렸다. 숙소까지는 걸어서 이동했다. 아름다운 공원이 있었고 그걸 둘러싼 건물들은 그 도시의 오랜 내역을 멀쩡하게 간직하고 있었다. 그는 수도보다 그 도시가 더 좋다고 생각했는데, 왜냐하면 거기엔 폐허라는 인상이 없었으니까. 그녀는 생각이 달랐다. 잘 봐. 밤 산책을 나왔을 때 그녀가 말했다. 기념품, 화장품, 보석들, 목욕용품과 비누, 케밥, 샌드위치, 사람들이 일층에서 장사를 하고 있지만 위층은 불이 꺼져 있다고 그녀는 말했다. 사람이 살지 않는 것 같아 저 위층엔. 이렇게 장사하다가 문 닫고 모두 어딘가로 가는 것 아냐? 더 밤이 되면…… 전부 빌 것 같아 건물 자체가. 이 많은 건물들이 다.

글쎄.

저 위엔 불이 꺼져 있잖아.

다 자나보지.

그가 무뚝뚝하게, 즉시 대꾸했다. 그녀가 그의 상태를 감각하고 입을 닫는 것을 그는 느꼈다. 변명하거나 설명할 필요도 없었다. 한순간의 어조나 침묵, 한마디 말로 그들은 서로의 상태를 알아챘다. 그녀가 작은 돌처럼 위축되는 것이 느껴졌다. 방금 떨어진 낙엽을 내려다보며 걷다가 그는 빙글 돌았다. 코트 주머니에 손을 넣은 채로 계속 걷다가 다시 빙글 돌았다. 그녀가 웃음을 터뜨리고 그의 코트 주머니에 손을 넣었다. 주머니 속에서 그가 그녀의 손을 잡았다.

그들이 그 도시에 머무는 동안 아침저녁으로 안개가 꼈다. 그의 목이 부었다. 그는 침을 삼킬 때마다 목 안쪽에 성난 부분을 느꼈다. 숨을 들이마시는 것도 고통스러웠다. 그 도시를 떠나 프라하에 도착한 그들은 약국을 찾아다녔다. 그는 무뚝뚝하게 바라보는 약사에게 아픈 곳을 설명하려고 노력한 끝에 소염제를 받았다. 저녁엔 조금 진정되었다가 아침엔 도졌다. 공기가 차갑고 몹시 건조했다. 그는 하루에 한 번씩 카페에 들러 꿀과 계피 조각이 담긴 뜨거운 와인으로 목을 달랬다. 그녀는 목도리를 사서 두르고 다녔다. 전날 입은 옷을 이튿날에도 입었다. 어차피 코트를 입고 다닐 테고 땀이 전혀 나지 않아 옷을 갈아입을 필요가 없다고 그녀는 말했으나 그가 그녀의 곁에 서면 희미하고도 분명하게 몸냄새가 났다.

그는 대체로 신경을 곤두세우고 지냈다. 그녀보다는 그가 조금 더 영어를 할 줄 알았기 때문에 모든 걸 그가 말했다. 프라하 사람들은 바르샤바나 크라쿠프 사람들보다 영어를 잘했는데 독특한 억양 때문에 잘 알아들을 수가 없었다. 그들은 자신감 있게, 빠르게 말했고 알아듣지 못하면 눈을 내리깔았다. 그는 갈수록 위축되어 더듬거렸다. 그만 말하고 싶었다. 재료를 묻고, 주문을 하고, 추가 요금이 있는지, 더 작은 것은 없는지, 왜 주문한 것이 아직도 나오지 않는지, 이쪽이 맞는 방향인지, 그게 어느 쪽인지 묻는 일이 피곤했고 나중엔 거의 두려웠다. 그녀는 모든 걸 그에게 맡긴 채 장소에 집중했다. 왕성하게 먹고 호기심도 왕성했다. 아무 모퉁이에서나 흥미를 끄는 것이 있으면 즉시 그쪽으로 이동했다. 불쑥 길을 건너고 가게문을 밀고 들어가 물건들을 만져보았다. 그들은 아침 일찍 호텔을 나섰다가 해가 진 뒤에야 돌아갔다. 아침이 되면 식당으로 내려가 느리게 움직이는 노부부들 사이에 앉아 달걀과 베이컨과 빵을 먹었다. 투숙객들은 대부분 노인이었다. 그와 그녀는 적지 않은 노부부가 같은 방향으로 나란히 앉는다는 것을 알아챘다. 마주보고 앉는 것이 아니고. 그와 그녀는 그들처럼 나란히 앉지는 않았지만 그들처럼, 말없이 먹었다. 말을 나눌 필요가 없었다. 그는 그녀가 음식을 너무 빨리 먹어치운다고 생각했지만 그런 말을 하지는 않았다.

한번은 그가 그녀를 잃어버렸다. 그녀가 그를 내버려두었다. 구시가지로 넘어가는 다리 위에서였다. 곁에서 걷고 있는 줄 알았는데 다른 사람이었다. 그는 온 방향을 돌아보았다. 기시감에 맥이 빠졌다. 그는 통행을 방해하며 중앙에 서 있었다. 장신구, 작은 완구, 그림을 파는 사람들과 관광객들. 걸어서 강을 건너려는 사람들이 꾸준한 물결처럼 그에게로 밀려들었다. 그녀가 나타났다. 작은 그림을 들고 있었다. 도화지에 목탄으로 백합을 그린 그림이었다. 뭐하려고. 그가 말했다. 그녀가 그를 빤히 바라보다가 대답했다. 엽서를 쓰지 애한테. 그러니까, 뭐하려고. 질문이 아니었다고 말하는 대신 그는 몸을 돌려 성큼성큼 걷기 시작했다.

다른 한번은 그가 그녀를 내버려두었다. 초콜릿과 사탕을 파는 거대한 상점에서. 그와 그녀는 공방에 설치된 유리창을 통해 사탕 반죽을 섞고 굳히고 자르는 과정을 구경했다. 그녀는 실물처럼 만들어진 초콜릿 페니스와 열쇠들에 관심을 보였고 캐러멜 샘플을 맛보았다. 그는 그녀가 코코넛 접시에 쌓인 별사탕을 맛보는 것까지 보고 어슬렁대다가 바깥으로 나왔다. 가게 앞에 솟은 차량 통행 방지턱에 앉아 기다렸다. 바닥에 박힌 네모난 돌들이 햇빛을 받고 몹시 반들거렸다. 단화를 신은 소녀들이 그걸 밟고 지나갔다. 한참 지나도 그녀는 밖으

로 나오지 않았다. 그녀를 찾아보려고 가게 안으로 돌아간 그는 계산
대로 이어지는 긴 줄을 발견했고 그 줄의 시작에 그녀가 있는 것을 보
고 놀랐다. 계산을 담당하는 중년 여자가 얇은 입을 다물고 학생을 혼
내는 선생 같은 표정으로 그의 아내를 바라보고 있었다. 그는 황급히
다가가 자초지종을 알아보았다. 영수증을 줄까 말까. 중년 여자는 그
말을 알아듣지 못하는 그녀를 세워두고 창피를 주고 있었다. 아내가
얼굴이 창백해진 채 서 있는 것을 보고 그는 가슴이 철렁했다. 영수증
을 거절하고 캐러멜이 담긴 봉투와 잔돈을 쓸어가듯 움켜쥐며 점원에
게 말했다. 유 베터 비 카인드…… 비 카인드……

　그들은 손을 잡은 채 서둘러 골목을 걸었다. 위층 창이 열리더니 발
코니로 젊은 여자가 걸어나왔다. 늘씬한 고양이처럼 걷는 여자였다.
풍성한 검은 머리털이 등 쪽으로 늘어졌다. 여자는 방안의 누군가를
향해 손키스를 날린 뒤 셔츠를 머리 위로 들어올려 벗었다. 아무것도
입지 않은 상체가 드러났다. 골목을 지나가던 사람들이 창 아래로 몰
려들어 환호했다. 그와 그녀는 그들의 등을 밀어내며 그곳을 통과했
다. 어디 갔었어…… 그녀가 물었고 그는 대답하는 대신 그녀의 손을
한 번 꾹 쥐었다. 그는 이 도시의 활기가 불편했다. 어떻게 이렇게 일
년 내내 축제일 수가 있지? 그 장소를 빨리 뜨고 싶었다.

　그들은 모퉁이를 돌아 광장으로 나왔다. 유명한 시계탑이 있는 광
장이었다. 그걸 보려고 사람들이 모여 있었다. 그와 그녀는 이미 이
광장에 들른 적이 있었고 시계탑이 작동되는 것도 보았다. 복잡하게
구조를 드러낸 시계 위쪽으로 창이 있었는데 정각이 되면 그 창이 열
리고 예수의 열두 제자가 차례대로 나타났다. 창 아래쪽엔 청년과 해

골이 걸려 있었다. 청년은 삶, 해골은 죽음. 음울하게 생긴 열두 제자가 번갈아가며 모습을 보였다가 시계탑 속의 어둠으로 물러나는 동안, 청년은 고개를 끄덕였고 해골은 저었다. 삶은 끄덕이고 죽음은 가로젓고. 그와 그녀는 여기서 더 나아가지 못했다. 그 광경을 보려는 사람들 틈에 갇혀 서 있었다. 첫번째 종소리가 울렸다. 잇 스타츠. 일제히 고개를 들어올렸다.

조금 더 들어가보자.
그렇게 제안한 것은 그녀였다.
거기엔 갈대가 너무 우거져 있었다. 더 한적하고 더 널찍하고 더 안락한 곳을 찾아 계곡 안쪽으로 들어갔다. 그와 그녀, 그리고 그들의 아이. 아빠의 뒤를 따라가던 아이가 멈춰 서서 팔뚝을 내려다보았다. 조금 뒤에서 걸어 올라오는 그녀에게 울상을 지어 보이며 나뭇가지에 긁혔다고 말했다. 그녀가 집게손가락으로 침을 발라주자 다시 폴짝폴짝 아빠 뒤를 따라갔다. 아이는 신났다. 엉겅퀴를 처음 보았다. 저걸 먹을 수도 있다고? 계수나무와 갈참나무를 알아보는 엄마를 경이롭다는 시선으로 바라보았다. 너무 높아 보이지도 않는 나뭇가지에서 새들이 다투는 소리를 한참 서서 들었다. 기괴한 모습의 나뭇가지를 흉내내느라고 팔과 다리를 뻗었다. 아이는 키가 작았고 손목과 발목이 가늘었다. 손등은 좁았는데 발은 조금 넓적했다. 웃는 얼굴은 그와 닮았고 찡그린 얼굴은 그녀를 닮았다. 머리숱이 풍성한 것은 그녀를 닮았고 곱슬거리는 것은 그를 닮았다. 그들은 종아리가 잠길 정도의 물을 건너 아직 어린 자작나무들이 자라고 있는 평평한 곳에 이르렀다. 여긴 어때? 그가 물었다. 그녀는 나무 밑에 서서 위쪽을 올려다보았다. 그늘이 충분하지 않은 것 같다고 말했다. 지금은 이쪽에 그늘이 좀 있지만 조금 뒤엔 저 가지들 사이로 햇빛이 들걸. 엄청나게. 다시 이동했다. 폭우가 쏟아졌을 때 위쪽에서 굴러내려온 바위들이 커다랗고 날카롭게 쪼개진 채 바닥에 박혀 있었고 그 돌들 사이로 물이 흘렀다. 그들은 그 물을 바라보며 거슬러올라가다가 폭포를 찾아냈다. 양지바른 바위와 충분한 그늘이 있었다. 그녀가 폭신하게 쌓인 낙엽들 위로 돗자리를 펼쳤다. 돗자리가 뒤집어지지 않도록 그가 축축하게 젖은 돌로 사방을 눌러두었다. 돗자리에 그려진 만화 캐릭터들이 깊은 계곡과는 상관없는 형태와 색들로 도드라졌다. 그녀는 개미가 들어가지 않도록 아이의 신발을 돗자리에 올려두었다. 도시락 상자를 끌어당겼다. 열지 않았는데도 도시락 냄새가 났다. 그가 물속에 돌을 쌓고 참외와 자두를 담갔다.

아이는 수영을 잘했다. 물을 좋아했다. 아이를 데리고 실내 수영장에 가면 물에서 태어나 물에서 자란 생물처럼 찰싹거리며 매끄럽게 헤엄쳤다. 부력에 몸을 맡기고 물에 떠 있기를 좋아해 손발의 힘을 풀고 물속을 들여다보는 것처럼 자주 엎드렸다.

아이가 바위에서 물로 뛰어내렸다. 물 밖으로 고개를 내밀고 평영으로 두어 번 팔을 젓더니 엎드린 채로 둥 떴다. 그는 고개를 돌려 그 모습을 바라보았다. 아이의 등과 머리가 물 밖으로 솟아 있었다. 용소에서 번진 물결에 조금씩 흔들렸다. 등을 움찔거리며 떠 있는 모습을 보고 그는 웃었다. 개구리 같다고 생각했다. 그게 얼마나 긴 시간이었는지를 그는 나중에 돌이켰다. 찰나였을 수도 있고 그보다는 긴 순간이었을 수도 있다. 아이의 심장이 발작하고 있던 순간. 나는 그 아이를 얼마 동안 내버려두고 멍청하게 보고 있었는가. 그의 회상 속에서 그 순간은 아주 찰나였다가 그보다는 길었다가 다시 찰나가 되었다가 아주 기나긴 시간이 되기도 했다. 어느 순간 감전된 것처럼 그의 손이 움찔거렸다. 아이가 고개를 들지 않고 있었다. 너무 오래. 그가 첨벙거리며 뛰기 시작했다.

  십사 년 전에 그들은 산을 내려왔다. 아이를 그가 업었다. 그는 차가운 물을 담은 가죽 자루처럼 등에서 자꾸 미끄러져 내리던 작은 몸의 감촉을 기억했다. 그 몸에서 계속 물이 흘렀다. 그녀가 아이의 신발을 들고 뛰었다. 그 밖에 그들이 계곡으로 들어갈 때 가져갔던 것, 도시락과 돗자리는 그 자리에 남았다. 그것들은 그 자리에 있을 것이다. 십사 년 전에 그녀가 펼치고 그가 눌러놓은 그대로. 여름엔 빗물에 쓸리고 가을엔 낙엽에 덮이고 겨울엔 눈으로 덮여 지금쯤 흔적도 보이지 않을 테지만 매년 새롭게 갱신되는 계곡의 표층 아래, 분명 있을 것이다. 그는 미끄럽고 비좁고 울퉁불퉁하고 비탈진 길을 평지처럼 뛰었다. 떨어뜨리지 않으려고 아이를 꽉 붙들었다. 아이의 몸에서 흘러내린 물이 그 손을 차갑게 식혔다. 그녀가 숨을 몰아쉬듯 흐느끼며 따라왔다. 미끄러지고 넘어지는 기적이 있어도 그는 뒤돌아보지 않았다. 뛰었다. 너무 멀었다. 아무리 뛰어도 도로가 있는 곳에 이를 수 없을 것 같았다. 아이의 심장은 너무 깊은 곳에서 멈춰버렸고 그들은 늦었다. 누구도 되살려낼 수 없었다.

  그들은 열차를 타러 역으로 갔다. 그들이 유럽에서 타게 될 마지막

열차였다. 여행 가방을 번쩍 들어 계단을 올라갔다. 그녀의 목에는 그 도시에서 산 목도리가 감겨 있었다. 프라하 역은 낡고 지저분했다. 벽은 그을었고 바닥엔 기름과 빗물이 고여 있었다. 천장의 유리가 군데군데 부서져 있었고 그리로 새들이 날아들었다. 그와 그녀는 새들의 배설물이 말라붙은 플랫폼에 서 있다가 베를린행 열차를 탔다.

그들은 여행사의 도움으로 미리 예약을 해둔 칸막이 좌석으로 들어갔다. 두꺼운 타이츠에 가죽구두를 신고 무릎을 덮는 스커트를 입은 중년 여자가 창가 자리에 홀로 앉아 있었다. 그 여자의 곁에 그녀가 앉고 그가 그녀의 맞은편에 앉았다. 열차가 움직였다. 빠른 속도로 도시를 빠져나가 벌판을 달렸다. 여자가 바스락거리며 종이를 열더니 스콘을 먹기 시작했다. 그는 열차표를 다시 읽고 목적지를 지도에서 짚어보며 시간을 계산했다. 역방향에 불편해진 그녀가 그의 옆으로 자리를 옮겨 창에 머리를 기댔다. 빠르게 밀려왔다가 흘러가는 풍경을 바라보았다. 그들은 오후에 베를린에 도착할 것이고 이튿날 유럽을 빠져나갈 것이다. 집으로 돌아간다.

검표원이 나타나 그들에게 여권을 요구했을 때 그들은 작은 가방하나가 사라졌다는 것을 알게 되었다. 여권과 항공 예약증과 현금을 조금 넣어둔 납작한 파우치. 어깨에 메고 겉옷을 입을 수 있도록 가느다란 끈이 달린 가방이었다. 그가 마지막으로 그걸 본 게 호텔에서였다. 그녀의 화장품이 놓인 탁자 위에. 여행 가방을 열고 안에 있던 것을 전부 끄집어내 의자에 올렸는데도 그건 없었다. 중년 여자가 호기심 어린 시선으로 그들과 그들의 물건을 바라보았다. 그가 마침내 말했다. 없어…… 위 해브 낫…… 위 로스트 아워 패스포트…… 스톨른? 검표원이 회색 눈으로 그와 그녀를 번갈아 보며 물었다. 아이 돈 노…… 그는 두 손으로 얼굴을 쓸었다. 그녀를 돌아보았다. 도둑질을 당한 거야, 잃어버린 거야? 격분하고 당황해 목소리가 떨렸다. 그녀가 얼굴을 붉힌 채 고개를 저었다. 호텔에 두고 나온 것 같다고 그녀가 말했다. 그는 입을 다물었다. 그와 중년 여자의 눈이 마주쳤다. 여자가 어깨를 들었다가 내렸다. 손에 쥔 아몬드를 입에 넣으며 창밖을 내다보았다.

너희는 대사관에 가야 해. 검표원이 말했다. 아마도 그렇게 말했을 거라고 그는 짐작했다. 검표원은 덤덤한 표정으로 표에 구멍을 뚫은 뒤 종이에 무언가를 적어서 건네주고 가버렸다. 그는 아무렇게나 찢어낸 그 종이를 움켜쥔 채로 앉아 있었다. 거기 적힌 내용이 무엇인지 읽어볼 기력도 없었다. 그녀가 여행 가방을 닫아 세워두었다. 헝클어진 머리를 다시 묶고 그의 맞은편에 앉았다가 잠시 뒤엔 그의 옆으로 왔다. 열차가 서서히 커브를 돌았다. 괜찮아. 그녀가 단조로운 목소리로 말했다. 대사관에 가면 돼. 다 괜찮을 거야. 걱정하지 마.

내가 그걸 챙기라고 하지 않았어? 그는 말했다.

그 밖에 내가 뭘 더 부탁한 게 있어? 그거 챙기라고…… 가방에 넣으라고 말하지 않았나? 그거 잊지 말라고…… 그냥 그거 하나…… 가방에 다 있잖아. 당신 칫솔, 화장품, 사탕…… 다 있는데 왜 그건 없냐…… 우리 내일 비행기 타야 돼…… 그런데 여권도 영수증도 없어…… 내가 이걸 다 설명해야 해 사람들한테…… 그런데 괜찮을 거라니…… 당신은 괜찮지 걱정이 없지 내가 다 하니까…… 당신은 잘 먹고 잘 자고…… 어디서든…… 호텔에서든 비행기에서든……

어떻게 그럴 수가 있지? 어떻게 그렇게 비위가 좋냐 그렇게 멀쩡하
게…… 괜찮을 거라고? 당신은 어떻게 그렇게 쉬워 모든 게……

그는 문득 입을 다물고 고개를 돌려 그녀를 바라보았다. 그녀가 서
글픈 얼굴로 그를 보고 있었다. 그는 다시 울화가 치밀어 고개를 저었
다. 그 얼굴. 지긋지긋하다고 말하는 대신, 그렇게 보지 말라고 그는
말했다. 그런 식으로 보지 마. 사람 빤히 관찰하지 마. 너는 아무 잘못
없는데 내가 때리기라도 한 것처럼 그렇게.

열차가 국경을 넘어간 뒤에 그들은 독일측 검표원에게 서류와 구멍
뚫린 표를 보여주었다. 그가 다시 상황을 설명했고 그동안에 그녀는
창밖을 내다보았다. 저물녘에 기차가 베를린 동물원역으로 진입했다.
그는 창문을 통해 매끄럽게 강을 거슬러오르는 유람선을 보았다. 강
쪽으로 균일하게 창을 낸 건물들의 지붕은 빨강과 노랑, 선명한 색이
었다. 그는 가방을 끌고 통로를 걸어갔다. 그녀가 그 뒤를 따라갔으나
자주 멈춰 섰다. 그가 뒤를 돌아보았을 때 그녀는 무릎을 꿇고 바퀴를
살피고 있었다. 그녀가 무릎을 짚고 일어나 가방을 밀었으나 열차 바
닥의 연결부에 걸려 다시 멈췄다. 그는 되돌아가 그녀의 가방을 잡았
다. 낚아채듯 손잡이를 쥐고 들어올렸다가 앞쪽에 내려놓았다. 가방
이 난폭하게 뒤집어졌다가 바로 섰다. 그녀가 넋 놓은 듯한 표정으로
그걸 보았다. 그는 가방과 그녀를 내버려두고 통로를 마저 걸어갔다.
단차가 꽤 높은 계단을 내려가 플랫폼에 가방을 내린 뒤 자신도 내려
섰다. 벌어지지 않도록 가방을 묶어둔 벨트가 느슨해진 것을 보고 풀
었다가 다시 묶었다. 작업을 마치고 뒤를 돌아본 그는 그녀가 아직 열

차 안에 남아 있는 것을 보았다. 가방을 두번째 계단에 내려놓은 채 멍하니 그 뒤에 서서 그를 보고 있었다. 그가 그녀의 가방을 잡아 플랫폼으로 내렸다. 다시 가방이 뒤집혔다. 그는 그녀를 돌아보았다. 계단에 선 그녀는 기미가 도드라진 얼굴로 다만 그를 보고 있었다. 그가 올려다보고 그녀는 내려다보았다. 자동 개폐 장치가 작동되고 별다른 소리도 없이 문이 닫혔다. 그녀의 모습이 창문도 없는 묵직한 문 뒤로 사라졌다. 그는 익스프레스라고 적힌 금속 동체를 멀거니 바라보았다. 열차가 가볍게 움직이기 시작해 빠르게 멀어져갔다.

그는 그대로 서 있었다. 열차가 일으킨 바람으로 머리카락이 흔들렸다. 이마에 돋은 땀이 상쾌하게 말랐다. 베를린 동물원역은 저물어가는 빛에 잠겨 있었다. 이제 플랫폼은 비었다. 강 쪽으로 차갑고 건조한 바람이 불었다. 어…… 그는 소스라쳤다.

두 개의 가방을 끌며 열차가 간 방향으로 달리기 시작했다. 열차의 다음 목적지가 어디였지? 뮌헨…… 거기가 어디지? 얼마나 걸리지? 아내가 뭘 가지고 있지? 현금이나 신용카드를 주머니에…… 가지고 있었나? 어떻게 이럴 수가 있나. 그대로 가버리다니. 아직 내리지 못한 사람이 있는데. 열차가 어떻게 그냥 가버릴 수가…… 무작정 달리던 그는 매표기에 어깨를 기대고 서서 잡담을 나누고 있는 사람들을 발견했다. 모자는 쓰지 않았지만 감색 유니폼을 입고 있었다. 그는 거의 본능적으로 그들이 역무원인 것을 알아보았다. 익스큐즈 미, 아이, 아이…… 그는 입을 벌리고 말을 하려고 노력했다. 나는 아내를 잃어버렸다. 방금 출발한 기차에 내 아내가 타고 있었다. 그녀가 내리기도 전에 기차가 그냥 가버렸다…… 아이 로스트…… 노, 노, 미스

드……… 로스트………

역무원들의 가슴엔 배지가 달려 있었다. 한 명은 여자. 다른 한 명은 남자.

그들은 숨을 헐떡이는 동양인 남자를 무심한 얼굴로 바라보았다.

웃
는

남
자

오랫동안 나는 그 일을 생각해왔다.

생각하고 생각해 마침내는 이해해보려고 나는 이 방에 머물고 있다. 오래전, 이 방 바깥에서 내 등을 두드리며 나를 이해할 수 있다고 말한 이가 누구였는지는 모르겠다. 그의 이름이 뭐였는지 내가 어쩌다 그 사람을 만났는지 그가 내게 중요한 사람이었는지 아니었는지 남자였는지 여자였는지조차 기억해낼 수 없다. 밤이었다는 것은 분명하다. 나는 너를 이해할 수 있어. 컴컴한 모퉁이에서 그 말을 들은 순간 나는 깜짝 놀랐다. 이 사람이 이해할 수 있다는 나를, 나는 왜 이해할 수 없는가.

나는 이해한다는 말을 신뢰하지 않는 인간이었다. 이해한다는 말은 복잡한 맥락을 무시한 채 편리하고도 단순하게 그것을, 혹은 너를 바라보고 있다는 무신경한 자백 같은 것이라고 나는 생각하고 있었다. 나 역시 남들처럼 습관적으로 아니면 다른 마땅한 말을 찾지 못해 그 말을 할 때가 있었고 그러고 나면 낭패해 고개를 숙이곤 했다. 다른 사람에게 들었을 때는 나중에 좋지 않은 심보로 그 말을 되새겼다. 그런데 그 밤에 그가 내 등을 두드리며 너를 이해할 수 있다고 말했을 때 나는 진심으로 놀랐고 그 말에 고리를 걸듯 매달렸다. 이 사람이 나를 이해할 수 있다면 나도 해볼 수 있지 않을까. 저날의 나를 내가 이해해볼 수 있지 않을까. 그것을 할 수 있으려면 무엇부터 하면 좋을까. 내가 이제 무엇이 되는 게 좋을까.

단순해지자.

가급적 단순한 것이 되자고 나는 생각했다.

그러므로 이 집은 매우 단순한 집이 되어버렸다. 가구도 식기도 벽에 걸린 것도 없고 조명도 없다. 바깥이 어두워지면 이 집도 어두워지고 바깥이 밝아지면 이 집도 조금 밝아진다. 그것으로 낮과 밤을 구분하면서 가급적 단순하게…… 나는 이 공간에서 지내고 있다. 이것은 복도처럼 생긴 공간이다. 거실과 부엌과 욕실과 방이 열차 칸처럼 일렬로 이어져 있어 현관에서 방으로 가려면 거실과 부엌과 욕실을 반드시 거쳐야 하고, 역으로 나가려 해도 중간에 있는 공간을 전부 거쳐야 한다. 이 나란한 공간엔 현관문을 제외하고 세 개의 문이 있다. 문들은 거의 똑같이 생겼다. 바니시가 흘러내린 자국과 못을 잘못 박은 자국이 있는 목조 문으로, 나는 대개 이 문들을 모두 열어두고 저멀리 입구를 바라보며 지낸다.

현관엔 불투명한 유리를 끼운 네모난 창이 있다. 저녁이 되면 그 창으로 가로등 불빛이 들어온다. 가로등이 켜지면 현관 부근이 주홍색으로 약간 밝아진다. 가로등은 꺼져 있지만 누군가 지나가면 켜진다. 이렇게 머물게 된 후로 알게 된 일이지만 누구도 지나가지 않는 밤이란 없다. 어느 밤이든 어느 순간에 문득 가로등은 켜지고 다시 꺼진다. 나는 세 개의 문 너머에서 밤새 그것을 지켜보며 생각한다.

그 일을 생각한다.

그리고 그 일을 생각할 때, 무슨 이유에선지 열에 서너 번의 빈도로 나는 아버지를 생각한다.

예컨대 장롱에 등을 기대고 앉아 무방비하게 웃으면서 아기 공룡이 등장하는 만화책을 읽던 아버지, 갓 빤 것인지 새것인지 몹시 하얀 러닝셔츠를 입었고 그 하얀색 덕분에 더욱 젊고 생생한 모습으로 기억되는, 아버지를 생각한다. 내가 이 모습을 사진으로 보아서 기억하고 있는 것인지 직접 보아서 기억하고 있는 것인지는 확실하게 말할 수 없다. 어쨌거나 나는 그와 같은 모습을 기억해낼 수는 있지만 상상할 수는 없다. 이를테면 지금의 늙은 아버지가 러닝셔츠 차림으로 만화책을 읽는 모습 같은 것, 그런 것은 상상할 수 없다.

내 아버지는 건축된 지 삼십육 년 된 아파트 오층에서 우울증을 앓고 있는 내 어머니와 살고 있다. 어머니는 종일 소파에 앉아 아무것도 하지 않는다. 그녀가 앉은 소파와 벽 사이엔 빳빳한 푸른 봉투가 끼워져 있는데 그 속엔 그녀의 머리를 찍은 자기공명영상 필름이 들어 있다. 어머니의 머리 사진을 찍어보자고 제안한 의사는 필름에 나타난 강낭콩 모양의 반점들을 가리켜 보이며 그녀 자신도 모르게 앓고 지나간 뇌출혈의 흔적이라고 말했고 아직은 심각하지 않지만 어쨌든 그녀에게 경미한 치매 증상이 있다고 말했다. 내 아버지는 종일 소파에 앉아 있는 내 어머니를 대신해 양파수프나 잣죽을 끓이고 양말과 속옷을 손수 빨아 입으며 지내고 있다. 이즈음 그에 관한 생각은 그 집의 낡은 변기와 세면대에 관한 생각으로 이어지는 때가 많다. 마지막으로 그 집을 방문해 변기를 골똘하게 내려다본 것이 언제였는지 모르겠다. 그리 오래 지나지 않은 여름이었을 것이다. 변기와 세면대엔 거품 섞인 구정물이 고여 있었고 변기 손잡이도 떨어져나가고 없었다. 상아색 손잡이가 있어야 할 부분에 손목이 쑥 들어가는 구멍이 남아 있었다. 일부러 뽑아버린 것이라고 아버지는 말했다. 그는 머리를 감거나 양말을 빨거나 이를 닦은 뒤에 남은 물을 세면대에 모았다가 그 물을 바가지로 퍼서 변기에 붓는 방법으로 오물을 처리하고 있었다. 그렇게 하면 물을 아낄 수 있다는 것이었다. 아버지는 자신의 배설물 냄새가 밴 어두컴컴한 거실에서 나를 물끄러미 보고 있다가 이렇게 덧붙였다. 물을 아끼는 게 옳은 것 아니냐. 내가 뭐라고 대답했겠는가. 나는 불그스름하게 착색된 변기를 다만 내려다보았다.

내 아버지는 목수였다. 어렸을 적 나는 어두컴컴한 목공소에 딸린 작은 방에서 살았다. 아버지는 목공소를 찾아온 사람들에게 주문을 받아 탁자나 서랍장, 문짝이나 창틀 같은 것을 만들었는데 가족을 위해서는 무엇도 만들어주지 않았다. 솜씨 좋은 요리사는 집에서는 요리를 하지 않는 법, 이라고 했지만 물건을 맞춰 간 손님이 목공소를 방문해 항의하는 일이 곧잘 있었던 것을 생각해보면 솜씨가 썩 좋은 목수는 아니었던 것 같다. 아버지는 손가락과 관절에 심한 통풍을 앓기 시작하면서 목공소를 그만두었다. 팔 년 전의 일이다. 사십 년은 그 일을 해온 셈으로 어쨌든 열심히 했으니까, 돈을 부지런히 모아서 외곽에 허름한 집을 한 채 샀고 그 집에서 나온 세로 현재의 생활을 버텨가고 있다. 그 집 근처 염색공장에서 일하는 근로자와 가난한 부부들이 그의 세입자로 그들 각각의 살림이 어떨지는 몰라도 내 아버지가 그들보다 번듯하게 산다고는 말할 수 없을 것이다. 아버지는 이제 늙었고 당신이 잘못했다는 말을 들으면 화를 내는 사람이 되었다. 언제부터인지 모르게 그 말에 유독 반응하는 사람이 되어버렸다. 이것은 잘못되었다, 당신이 뭔가를 잘못하고 있다, 아무리 사소한 맥락이라도 그 같은 말을 들으면 그는 화를 참지 못한다. 아랫집 노인들, 친척들, 통신회사 서비스센터의 직원, 상대를 가리지 않는다. 지금 내가 잘못했다는 거냐? 빨개지거나 파랗게 질려서 따져 묻고 씩씩거리고 머리를 흔들고 혼자 구석진 곳으로 가서 생각에 잠겼다가 다시 돌아와 분통을 터뜨리며 똑같은 것을 몇 번이고 되묻는다. 그래서 지금 잘못한 사람이 나라는 거냐? 내 잘못이라고? 내가 잘못이냐? 조용하고 침울하고 전체적으로 회백색을 띠고 있는 평소의 당신과는 전혀 다른 존재인 것처럼 생생하게 분노한다. 어쩔 수 없을 것이다. 화를 내는 것 말고는 도리가 없는 거라고 나는 생각한다. 잘못이 있었는지도 모른다는 것을 진지하게 생각하기 시작하면 그도 나처럼 틀어박혀야 할 것이다. 암굴 같은 곳에라도 틀어박혀 참으로 단순하게…… 이제 와 모든 걸 다시 생각해보는 것은 그처럼 나이를 먹어버린 사람에겐 너무 가혹한 일일 것이다.

암굴 같은 곳이라는 말이 나왔으니 말이지만 이곳은 암굴이나 다름

없다. 나는 여기서 매일, 단순해지자고 생각한다. 매일 조금씩 더 단순해지려고 노력하고 있다. 자고 먹고 싸고 생각한다. 잠이 오면 자고, 잠에서 깨면 내 자리에 앉아 생각한다. 먹는 것도 단순하게, 조리를 하지 않고 먹을 수 있는 것을 먹는다. 불을 사용해 조리한 음식은 뜨겁고, 뜨거운 것은 맨손으로 쥘 수 없어 접시와 식기를 사용해야 하고, 다 먹고 난 뒤엔 버리거나 닦아야 할 것이 남으므로 좋지 않다. 단순하고 간단한 게 좋다. 나는 날고기를 먹지 못해 생곡을 먹는다. 먹을 때가 되면 자루에 담긴 쌀이나 보리를 한줌 쥐고 의자에 앉아 단순하게 식사한다. 의자, 그렇지, 이 공간엔 아직 의자가 하나 남아 있다. 나는 이 의자에 앉아 보리나 쌀을 조금씩 먹으며 출입구를 바라본다. 암굴에 틀어박힌 짐승처럼 불을 다루는 생활에서 멀어져 생곡을 먹으며 지낸다. 별로 움직이지 않으니 이 정도만 먹고도 충분한 에너지를 얻을 수 있지만 털이 빠지고 있다. 머리털도 눈썹도 팔뚝에 돋은 털도 손으로 문지르면 부스러지듯 묻어난다. 아쉽지는 않다. 엄청 옛날에, 굴에 틀어박혀 마늘과 쑥만 먹고 지냈다는 곰은 이렇게 털을 잃었을 것이다. 잡식성인 곰은 영양부족으로 털을 잃고 잃다가 마침내 매끈한 모습이 되었을 것이다. 곰이 인간이 되었다는 것은 그런 의미가 아닐까. 멍하니 그런 것을 생각하기도 하며 출입구를 바라본다. 때때로 생각한다. 굴에 틀어박힌 짐승은 인간이 되어 나왔는데 인간은 무엇이 될까. 인간이 굴에 틀어박혔다면 그는 이제 무엇이 될까.

아버지는 이제 작은 공룡이 등장하는 만화책은 읽지 않을 것이다.

나는 아버지와 별로 닮지 않았다. 내가 아버지를 닮지 않은 것처럼 아버지도 자신의 아버지를 닮지 않았다. 나는 오랫동안 그렇게 생각해왔다. 아버지의 아버지, 내 할아버지는 갸름하고 둥근 머리에 탁하고 흰 피부색을 가졌지만 내 아버지는 일단 상체가 넓게 발달했고 피부도 거무스름하다. 할아버지는 옷을 별로 더럽히지 않는 관리직에 있었거나 별다르게 하는 일 없이 집에 머물곤 했으니 평생 해온 일도 다르다. 누가 봐도 닮지 않은 부자간이다. 그런데 나는 어느 날 우연하게 그 둘의 잠든 모습을 번갈아 보게 되었고 두 사람의 얼굴이 놀랍도록 닮았다는 것을 알았다. 얼핏 죽은 사람처럼 보이는 무감한 얼굴, 입을 약간 벌린 채로 잠든 그 얼굴이.

나는 디디에게 나도 그렇게 자느냐고 물은 적이 있었고 언제고 내가 세상모르게 자고 있을 때 사진을 한 장 찍어달라고 부탁했다. 디디는 그 사진을 찍거나 찍지 않았을 것이다. 찍지 않았다면 세상에 그런 사진은 없는 것이고 찍었다면 내가 찾아내지 못한 것이지. 이 년 전 겨울에 그 부탁을 했다. 그랬을 것이다. 이 년 전 겨울. 그후에 나는 부탁을 잊었고 디디는 죽었다.

디디를 생각할 때는 내 얼굴 앞으로 우산 하나가 펼쳐진다. 빗물이 튀고 얼굴이 상쾌할 정도로 차가워진다. 디디가 우산 속에 있다. 왼쪽 눈꼬리 아래 작은 갈색 점이 있다. 비슷한 농도에 비슷한 크기의 점이 오른쪽 젖꼭지 부근에도 있다. 둘 다 따뜻하고 짠 점이다. 디디를 생각할 때 내게 벌어지는 일은 예컨대 이런 것에 가깝다. 디디가 죽었다는 말은 내게 아무것도 연상시키지 못한다. 디디는 죽었다. 무감하게 생각한다. 그 말엔 디디도 없고 나도 없다.

나는 디디를 동창생으로 만났다. 우리는 어렸을 때 같은 학급에서 공부했다. 나는 그때 디디를 잘 몰랐다. 머리를 약간 길게 기르고 있던 조그만 아이, 매일 똑같은 조끼를, 누군가가 손수 뜬 것처럼 보이는 초록색 헌 조끼를, 당시의 조그만 몸에도 꼭 끼게 입고 다녔던 동급생으로, 얼핏 기억하고 있을 따름이었다. 어른이 된 뒤에 동창회에서 만난 디디는 여전히 작았고 별말이 없었다. 디디는 쑥스러워하면서도 자주 내 눈을 바라보았고 나는 뭔지 모르게 디디가 바라보는 것, 이따금 말하는 것, 듣고 있는 모습 같은 걸 보는 게 좋았다. 같이 살게된 뒤에도 그랬다. 디디는 잘 먹고 잘 지내다가도 이따금 엉뚱한 것을 골똘하게 생각할 때가 있었고 그러면 그 생각에서 한참 동안 헤어나오질 못했다. 맛있는 것을 솔직하게 기뻐하며 먹었고 시간을 들여 책을 곰곰이 읽은 뒤 거기서 발견한 내용을 내게 말해주었다. 색실을 사용해 티셔츠 따위의 구멍난 자리에 무당벌레 같은 것을 소박하게 만들어두곤 했다. 여름에 넓은 나뭇잎을 줍게 되면 잎맥을 절묘하게 잘라내 숲을 만든 뒤 내게 보여주었다. 작은 것 속에 큰 게 있어. 나는 그런 것이 다 좋았다. 디디가 그런 것을 할 줄 알고 그런 말을 할 줄아는 사람이라는 게 좋았다. 디디는 부드러웠지. 껴안고 있으면 한없이 부드러워서 나도 모르게 있는 힘껏 안아버릴 때도 있었어. 이 사람을 행복하게 해주고 싶다고 나는 생각했다. 처음으로 내가 아닌 다른 사람을 행복하게 만들고 싶다고 생각했고, 그 행복으로 나 역시 행복해질 수 있다고 생각했다.

잡곡을 먹으면 입술에 가루가 달라붙는다. 잡곡은 그냥 내버려두면 저절로 부서지는 걸까. 가루가 매일 늘고 있는 것 같다. 그제보다

어제가 더 많고 어제보다 오늘 더 많이. 증식이라도 하는 것처럼 가루
가 늘어나서, 이제는 자루에 손을 넣는 것만으로도 손이 노르스름한
가루로 뒤덮인다. 아무리 씹어도 입속 어딘가 가루가 남아 있다. 거
듭 씹으며 벽을 바라본다. 저 벽엔 아무것도 없어…… 걸린 것이 아
무것도 없다. 벽지도 없다. 모조리 떼어내고 뜯어냈으니까. 그렇게 하
는 것이 조금 더 단순해지는 데 도움이 된다고 나는 생각했다. 처음
엔 시계였다. 초침이 움직일 때마다 티, 크, 티, 크, 소리를 내던……
어느 날 오후에 나는 그걸 바라보고 있다가 떼어냈다. 그다음엔 액자
에 담긴 그림이었다. 초록색 화병에 담긴 노란 국화를…… 그린 그림
을, 그다음엔 사방의 못이며 고리를…… 잘 떨어지지 않는…… 그러
다 벽지를 찢어먹었다. 풀을 바른 안쪽 면이 반들반들하게 굳어 있었
다. 넓은 잎처럼 떨어져나온 부분을 잡아당기자 죽 찢어졌다. 다른 부
분을 잡아당기자 그것도 주욱, 찢어졌다. 차례차례 벗겨냈다. 다 벗겨
내고 보니 벽은 내가 미처 상상하지 못한 방식으로 흉했다. 반듯하지
도 균일하지도 않았다. 회색도 아니었다. 오렌지색, 자주색, 검은색,
흰색, 푸른색으로 불규칙한 얼룩투성이였다. 각종의 폐기물을 섞어
만들었기 때문일 것이다. 얼룩들은 쐐기, 소용돌이, 동그라미 모양을
하고 있다. 녹물이 길게 흘러내린 자국도 있고 아예 녹슨 것이 일그러
진 채로 박혀 있는 곳도 있다. 벽은 심지어 단단하지도 않다. 방에서
욕실로 넘어가는 문턱 근처에서 새 발가락 모양의 얼룩을 발견하고
긁어본 적이 있었는데 쉽게 부스러졌다. 이 벽을 보기 전에 나는 이
런 벽을 상상해본 적이 없다. 벽이 이럴 수 있다는 것을 상상해본 적
이 없다. 얼마나 많은 벽이 이렇게 되어 있을까. 누구나 벽 곁에 머물

지만, 벽과 벽 사이에서 벽에 둘러싸인 채, 방심한 채 온갖 정신 나간 짓을 하고 밥을 먹고 화를 내고 웃고 울거나 안정감을 얻고 잠을 자지만, 벽의 실상이 이렇다는 것을 사람들은 알까. 그것을 생각하면 바깥으로 달려나가 아무에게나 묻고 싶어진다. 벽을 본 적이 있어? 내 말은, 벽을 본 적이 있느냐고…… 당신 집에도 벽이 있을 것 아냐…… 당신 집에도…… 당신이 항상 바라보는 벽, 너무 믿고 있어서 믿고 있지도 않은 그 벽이…… 실은 그렇다는 걸 알아? 하고 묻고 싶어지는 것이다.

알아?
이것은 내 아버지의 말버릇이다. 아버지는 말을 많이 하는 편은 아니지만 대부분 그것으로 말을 맺는 습관을 가지고 있다. 자부인지도 모르겠다. 피난민에 전쟁고아로 자라 배부르게 먹는 것 외엔 욕심도 별다른 재주도 없었다고 하는 자신의 아버지와는 다르게, 손수 가족을 먹이고 재산을 불렸다는 자부. 그래서 그렇게 묻는 것이고 그렇게 묻기를 좋아하는 것인지도 모르겠다. 자신이 그것을 안다는 의미가 아니고 자신은 알지만 너는 모른다는 의미로.
알아?
나쁜 말, 이라고 나는 생각한다. 뭘 알아, 라고 반문하고 싶게 만든다는 점에서 그 말은 나쁘다. 니가 뭘 알아 새끼야, 라고 말하고 싶게 만든다는 점에서. 왜냐하면 나는 내 아버지를 싫어하지 않으니까. 좋아한다고 말할 수는 없어도 말이다. 특별하게 반감을 품고 있는 것도 아니다. 반감을 품는 순간이 있기는 해도 그것을 내내 유지하고 있지는 않다. 오히려 많은 경우 나는 내 아버지가 안쓰럽다. 아버지와 나는 다툰 적도 별로 없다. 그런데 그가 내 앞에서 알아? 하고 말하면 상당한 순간 그를 떼밀고 싶어진다. 그가 그렇게 물으면…… 아는 걸 말해봐, 당신이 제대로 알고 있는 걸 말해봐, 라고 되물으면서 아주 떼밀고 싶어지는 것이다. 그걸 당신은 알아?

알아?

그런데 나는 아버지가 자신의 아버지에게 그렇게 말하는 것을 들은 적이 없다. 내 할아버지에게, 내 아버지가, 그렇게 묻는 것은 들어본 적이 없다. 상당히 조심하는 것이겠지. 해서는 안 되는 말이라고 의식하고 있으니까 안 하는 것이겠지. 입버릇처럼 하는 그 말을 어째서 자신의 아버지에게만은 하지 않는 걸까. 감히 그렇게 해서는 안 된다고 생각하는 걸까. 아니면 그렇게 물어봤자, 라고 생각하는 걸까. 존경일까 경멸일까. 어느 쪽일까…… 한번은 가족이 모여 비싼 고기를 먹던 자리에서 무슨 이야기를 하다가 할아버지가 내게 충고한 적이 있었다. 옛날엔 모두 잘 먹고 잘 살려고 노력했단다. 네가 지금 누리고 있는 자유와 번영으로 나를 판단하지 마라. 지금 당연한 것 가운데 상당수가 당시엔 당연하지 않았지. 아무것도 없는 상에 감을 놓으려면 일단은 나무를 키워야 하는 법이다. 내 세대가 나무를 키웠으므로 지금 네가 수천 개의 감이 놓인 상 앞에 앉아 있는 거라는 사실을 잊지 마라.

그러자 아버지가 바로 곁에서 내뱉듯 말했다. 그렇게 먹지 좀 마요. 다 익지도 않은 거 세 점 네 점 한 번에 집어서 먹지 말고, 아버지 옆의 새끼들이 먹고는 있는지 엄마는 먹고 있는지 좀 살펴가며 잡수라고요……

비가 내리고 있다. 어두워진 지도 한참 되었다. 비가 내리면 이 방은 더욱 고요해지고 무거워진다. 사방의 벽들이 시멘트 냄새를 뿜어낸다. 습하고 매캐해 숨을 들이쉴수록 가슴이 갑갑하다. 디디는 이런 집에서 오래 버티지 못했을 것이다. 채광과 환풍. 집을 얻을 때 그것 두 가지가 디디에게는 중요한 조건이었으니까. 거실은 없어도 좋아, 방이 좁아도 좋아, 한참 걸어서 올라가야 하는 층이라도 좋아, 햇빛하고 바람, 그게 잘 들어야 해. 그러나 그 두 조건은 상당히 비싼 옵션이었고 우리가 가진 돈으로는 옥탑이 최선이었다. 그런 이유로 대부분 옥탑에서 옥탑으로 옮겨다니는 생활이었다. 이 집으로 이사 오기 전에 살던 집도 옥탑이었다. 크게 기울어진 비탈 아래쪽에 있었다. 작고 좁고 더러운 건물이었지. 디디는 일을 쉬고 그 집에 머무는 날이면 아래쪽 길이 내려다보이는 곳에 의자를 가져다두고 앉아서 잡지나 소설책을 읽었다. 그러다 퇴근해 돌아오는 나를 발견하면 이야, 하고 부르며 손을 흔들었다. 아래쪽에서 바라보면 디디의 머리가 옥상 가장자리로 불쑥 나와 있었다. 둥근 단발머리 때문에 작은 버섯처럼 보이는 머리가…… 디디는 제때 나를 발견하려고 내가 도착할 무렵엔 자주 고개를 들어야 했을 것이다. 한 줄을 읽고 고개를 들어 비탈을 바라보고 다시 한 줄을 읽다 말고 고개를 들어 비탈을 바라보고. 더 행복해지자, 담배와 소변 냄새가 나는 가파른 계단을 올라가며 나는 다짐하고는 했다. 행복하다. 이것을 더 가지자. 더 행복해지자. 다른 것은 아무것도 생각하지 말고 그것 한 가지를 생각하자. 그런 생각을 하며 마지막 계단에 이르면 디디가 햇빛에 빨갛게 익은 얼굴을 하고 마중나와 있었다. 번거롭게 뭐하러 이래, 겸연쩍고 안쓰러워 그렇게 말하면 디디는 싱글벙글 웃으며 이렇게 대답했다. 네가 돌아오는 걸 보는 게 좋아. 그게 정말 좋아서 그래.

　내 잘못이 무엇인가.
　내가 잘못한 것이 무엇인가. 뭔가 잘못되었는데…… 그 잘못에 내 잘못이 있었나. 잘못이기는 한가…… 아니다 잘못이다. 그게 잘못이 아니라면 무엇이 잘못인가. 나는 어쩌면 총체적으로, 잘못된 인간인지도 모르겠다. 나는 어떤 인간인가. 그것을 생각하면 끈질기게 떠오르는 일이 있다.
　몹시 건조하고 무더운 한여름이었다. 입을 벌리면 체온보다도 뜨거운 공기로 금세 입천장이 말라버릴 정도의 폭염이었다. 햇빛을 정수리로 받으며 속수무책으로 서 있어야 하는, 차양도 없는 버스 정류장에서, 나는 조금 멍해진 채로 버스를 기다리고 있었다. 넓은 도로 위로 투명한 폭포처럼 아지랑이가 끓고 있었다. 그때 내 곁에 서 있던 노인이 내 쪽으로 쓰러졌고 간발의 차이로 나는 그를 피해 비켜섰다. 다갈색 바지에 흰 면 셔츠를 입은 노인이었다. 그는 조짐도 없이 기울어지기 시작해서 조금 전까지 내가 서 있던 자리에 픽, 하고 머리를 박고 쓰러졌다. 그리고 거의 동시에…… 버스가 당도했고 나는 버스를 탔다. 무슨 생각을 했던 것은 아니었다. 버스를 기다리고 있었으므로 마침 도착한 버스에 탔다. 그게 다였다. 죄책감을 느껴서 도망을 치고 싶었다거나 뭔가를 계산한 것도 아니었다. 죄책감이라니…… 저 사람이 쓰러진 게 나와 무슨 상관인가. 저 사람은 무더위 때문에,

자신의 몸 상태 때문에 저절로 쓰러졌는데 그게 내 탓인가. 쓰러지라고 내가 저 사람을 떼민 것도 아닌데…… 나 말고도 사람이 더 있었으니까 아마도 누군가가 조치했을 것이다. 어쩌면 지금쯤 툭툭 털고 일어났을 수도 있다…… 그런 생각을 하며 나는 그 정류장으로부터 멀어졌다.

버스가 조금 늦게 당도했더라면, 이제 와 그렇게 생각한다.

그랬더라면 나는 어떤 조치를 취했을 것이다. 그렇게 했을 것이다. 그렇게 생각하고 싶다. 그러나 그렇게 하지 않았다. 지나간 일은 이미 지나가버렸고 돌이킬 수 없다. 고통스럽게 그것을 곱씹는다. 달라지는 것이 없다.

그는 어떻게 되었을까.

그뒤로도 이따금 그것을 생각하는 순간이 있었다. 지금처럼 자주는 아니더라도 꾸준하게, 그리고 무감하게 나는 그 노인을 생각했다. 디디가 죽은 뒤로는 더 자주, 그를 생각했다. 이제는 불로 새긴 작은 자국처럼 그의 모습이 기억 어딘가에 눌어붙어 있다. 뙤약볕 아래 짧고 짙은 그림자를 거느린 채 팔꿈치를 바닥에 대고 쓰러져 있던 노인. 그 뒤에 그는 어떻게 되었을까. 죽지는 않았을까. 죽지는 않았더라도 치명적인 상해를 입지는 않았을까. 픽, 하고 머리를 부딪혔으니까. 그런데 그것은 내 탓인가. 결정적으로 내 탓인가. 그의 죽음이나 치명적인 상해가…… 내가 비켜서지 않았더라면 그는 괜찮았을까. 재빠르게 판단을 해서 그의 몸을 받았더라면 아니지 판단이고 뭐고 없이 그렇게 했더라면 그는 적어도 픽, 하고 머리를 박지는 않았을 것이다. 판단이고 뭐고 없이…… 그런데 나는 그렇게 하지 않았지. 판단이고 뭐고 없이 그렇게 하는 인간이 있고 그렇게 하지 않는 인간이 있는데 나는 그렇게 하지 않았지. 어째서일까. 조금도 단순해지지 않는다.

나는 어떤 인간인가. 그것을 생각할수록 단순해지지 않는다.

단순해지자.

더 단순해지자.

오랫동안 나는 그 일을 생각해왔다.

나는 저녁에 디디를 만났다. 퇴근하고 돌아오는 길에 모처럼 시간을 맞춰 바깥에서 만났다. 정류장 근처 트럭에서 만두와 어묵 냄새가 났고 디디는 그걸 먹고 싶어했다. 거리에서 선 채로 만두를 몇 접시 먹을까 망설이다가 우산이 거추장스러워 그냥 집에 돌아가 저녁을 먹기로 했지. 배고픈 채로 버스를 탔는데 앉을 자리가 없었다. 내가 먼저 올라타 손잡이를 잡고 섰고 디디가 바로 곁에 와 섰다. 첫번째 좌석 앞이었다. 버스가 움직이기 시작했고 누군가의 이어폰에서 새어나오는 음악이 자글자글 들려올 정도로 버스 안은 고요했다. 혁명, 하고 디디는 말했지. 뻐꾹, 하는 것처럼 혁명, 하고.

뭐? 하고 묻자 디디가 손잡이에 매달린 채로 나를 보았다. 일하다 묻었는지 이마 오른쪽에 눈썹 한 올이 달라붙은 것처럼 사인펜 자국이 나 있었다. 혁명, 하면 뭐가 생각나느냐고 디디는 물었고 나는 조금 생각을 해본 뒤에 가격, 이라고 대답했다.

가격?

가격 혁명, 하고 말하자 디디는 하하하, 하고 웃더니 나는 있지, 하고 말했다.

나는 오스칼.

……영양제?

베르사이유의……

궁전?

아니 장미. 도도는 모르나?

몰라.

있어, 그런 만화가. 배경이 프랑스혁명이거든. 앙투아네트하고 앙드레하고 로자리…… 그리고 교과서에 실린 그림이 있었는데 세계사인가…… 드라, 드라크루아의 여신…… 이렇게 가슴을 드러낸.

자유의 여신.

그래 그거. 잘 아네. 단번에 아네.

유명하니까.

가슴이라서?

아니 유명하니까.

디디는 하하, 웃더니 다시 말했다.

일전에 나는 있지, 버스 안에서 혼자 혁명, 하고 말한 적이 있었어. 그냥 책 제목을 읽었을 뿐이었는데 말이야, 나 엄청 놀랐어. 이렇게 사람 많은 곳에서 이 말을 하다니, 하고 놀라서 눈치보고 그랬어. 그런데 그렇게 놀라고 보니까 이상한 거야 엄청. 그게 그렇게 놀랄 정도의 일인가? 사람들 많은 곳에서 혁명…… 하고 말하는 것이. 그런데 나는 놀랐다. 되게 놀랐고 그렇게 놀란 게 좀 웃기다고 생각했어. 어나 좀 봐…… 하고.

그날의 디디를 반복해 생각한다. 손잡이에 매달린 팔에 왼쪽 얼굴을 묻고 선 채로 소곤소곤 말하던 디디, 속눈썹에 걸린 머리카락이 성가시다는 듯 눈을 깜빡이던 디디. 디디의 얼굴 너머로 와이퍼로 닦이고 있는 전면창과 그 창을 가득 메운 검은 도로가 보였다. 그건 내가 일상적으로 오가는 길이었지. 출근길과 퇴근길에. 창밖은 검정과 주홍, 낯익은 간판 불빛들은 흘러내리는 빗물로 경계가 번져 보였고 그런 광경들이 계속해서 뒤쪽으로 흘러갔지. 그 순간을 반복해 생각한다. 어느 순간 집에 호박이 있다고 디디가 말했던 것 같다. 집에 호박이 있어. 그렇게 말을 했거나 그렇게 말하려고 했을 것이다. 나는 그 순간을 소리가 사라진 광경으로 기억하고 있다. 갈림길에서 신호를 기다리며 멈춰 서 있을 때였다. 디디는 여전히 머리의 무게를 팔로 지탱하며 내 쪽을 바라보고 있었다. 집에 호박이…… 이윽고 금속조각으로 가득찬 자루가 바로 귀 곁에서 터진 것처럼 요란하고 날카로운 마찰음이 들려왔다. 계속해서…… 계속해서…… 그런데 이것은 상당히 왜곡된 기억일 것이다. 왜냐하면 그건 아주 짧은 순간이었으니까. 아주 짧지만…… 돌이키고 돌이키기를 거듭하는 동안 몇 개의 겹으로 늘어나버린 그 순간, 최초의 충격이 있었을 때…… 구 인승 승합차와의 충돌로…… 작은 유릿조각들과 빗물, 차가운 빗물이 바늘처럼 얼굴로 튀어 나는 나도 모르게 눈을 감았고…… 다른 차원의 소용돌이에 휘말린 것처럼 버스가 크게 회전했을 때…… 어깨에 메고 있던 가방을 있는 힘껏 붙들었지. 그 짧은 순간…… 나는 디디가 아니고 가방을 붙들었지.

가방을.

여기 그것이 있다.

내 무릎 위에.

평범한 가방이다. 내가 오랫동안 사용한 가방. 오래 사용해 부드럽게 단련된 가죽끈이 달린 배낭. 주머니처럼 불룩하게 채울 수 있는 형태로 위쪽을 끈으로 조일 수 있고 바닥엔 방수천을 덧댔고 기분좋은 소리를 내며 잠기는 버클이 달린 내 낡은 가방. 여기 무엇이 들었나. 몇 번이고 뒤집어봤으므로 가방을 열지 않고도 안에 든 것을 나는 다 말할 수 있다. 충전기, 열쇠, 백오십만원쯤의 잔고가 찍혀 있는 통장, 인감으로 사용했던 도장, 피부염 연고, 포장지에 들러붙은 껌, 수십 번 손을 문질러 닦아 변색된 손수건, 색연필로 낙서가 되어 있는 영화 티켓, 복권 한 장, 조그만 봉투에 담긴 방습제, 동전들, 메모들, 언제나 내가 사용했던 용품들, 나의 일상들, 잡동사니들. 이것뿐이다. 내가 움켜쥔 것, 그래서 지금 내 손에 남은 것.

이것뿐이다.

이것을 이해해보려고 생각에 생각을 거듭하며 나는 여기 머물고 있지만 이해할 수 없다.

단순해지지 않는다.

내 아버지는 오래전에 사고로 목공소 직원을 잃은 적이 있었다. 어린 시절에 내가 혜지 아저씨라고 불렀던 남자. 인색하게 지불되는 임금을 받고도 일을 배우겠다며 부지런히 목공소에 나오던 남자로 지금의 나와 비슷한 나이였을 것이다. 출근길에 그가 몰던 은색 티코 차량이 길가에 서 있던 덤프트럭 꽁무니에 처박혔다. 혜지 아저씨는 사고

후에도 정신을 잃지 않았고 연락처를 묻는 사람들에게 목공소 번호를 댔다. 내 아버지가 최초 연락을 받았다. 현장에 가서 보니 조수석과 운전석이 트럭 아래로 완전히 밀려 들어가 있더라고 아버지는 말했다. 구급차와 장비가 도착했을 때까지도 혜지 아저씨에게는 의식이 있었고 이윽고 구겨진 운전석에서 빠져나온 그가 응급차에 실려 병원으로 가는 길에 내 아버지가 보호자로 동행했다. 구급차를 타고 가는데, 하고 아버지는 말했다.

그놈이 의식은 있는데 머리가 자꾸 부풀더라고. 머리가 이렇게 자꾸 커져. 겁이 더럭 났지. 그런데 이놈이 자꾸 말을 하려고 하는 거야. 가만히 있으래도 말을 해요. 뭐라고 자꾸, 말하려고 안간힘을 쓰는 거야. 가만히 있으라고 해도. 그래서 아 내가 닥치라고, 가만히 좀 이렇게 닥치고 있으라고 열불을 냈단 말이지. 그랬더니 나를 한 번 끔벅 보더니 그다음부턴 말을 안 해. 눈을 감아. 그리고 바로 파래졌지. 바로 파래졌어.

혜지 아저씨는 의식불명인 채로 병원에 도착해서 이틀을 버티다가 중환자실에서 숨졌다. 아저씨에겐 세 살 먹은 딸과 눈이 노란 부인이 있었는데 그녀가 장례식장에서 내 아버지를 찾아와 물었다고 한다. 마지막 순간에 그 사람이 뭐라던가요. 뭐라고 말을 남기지는 않았나요? 저나 혜지에게…… 뭐라던가요, 하고 묻는데 할말이 없더라고 아버지는 말했다.

그렇게 죽을 줄 알았으면 내가 그렇겐 안 했지. 차라리 말을 하게 돼서 의식이라도 유지하게 만들었으면 부인이라도 보고 갔을지 모르는데 그놈이 그렇게 갈 줄은 몰랐던 거지 내가……

이것은 내 아버지가 유일하게 대놓고 후회하는 일로 나는 언젠가 그에게 왜 그렇게 했느냐고 물은 적이 있었다. 아버지는 왜 혜지 아저씨에게 닥치라고 다그쳤을까. 말하는 데 사용할 에너지를 아껴서 사는 데 집중하라고? 말하지 않는 것이 그의 상태에 더 도움이 된다고 판단했기 때문에? 아버지는 내 질문을 듣고 조금 생각을 해보더니 그것은 아니었다고 답했다. 그러게 자신이 무슨 생각으로 그랬는지 참 후회가 되지만 그때는 그냥 아무 생각이…… 없었다고 내 아버지는 말했고 그건 아마 사실일 거라고 나는 생각했다.

아무 생각이 없었을 것이다.

그는 그냥 하던 대로 했겠지. 말하자면 패턴 같은 것이겠지. 결정적일 때 한 발짝 비켜서는 인간은 그다음 순간에도 비켜서고…… 가방을 움켜쥐는 인간은 가방을 움켜쥔다. 그것 같은 게 아니었을까. 결정적으로 그, 라는 인간이 되는 것. 땋던 방식대로 땋기. 늘 하던 가락대로 땋는 것. 누구에게나 자기 몫의 피륙이 있고 그것의 무늬는 대개 이런 꼴로 짜이는 것은 아닐까. 그렇지 않을까. 나도 모르게 직조해내는 패턴의 연속, 연속, 연속.

얼마나 오래 여기 머물렀는지 모르겠다.

더는 싫다. 여기 있고 싶지 않다. 디디의 죽음을 생각할수록 나의 삶을 생각한다. 어떻게 살았나. 어떻게 사는가. 살아서 그것을 생각한다. 보잘것없는 사물이 담긴 가방을 무릎에 올린 채 버티고 있지만 내가 살아 있어. 내 아버지도 어머니도 살아 있다. 두 사람의 부고를 받은 적이 없으니 그들은 여태 그 집에서 살고 있을 것이다. 아버지의 소변 냄새와 어머니의 마비가 고여 있는 공간에서. 조금의 생기도 느낄 수 없어 거의 죽음처럼 여겨지는 그 공간이 저 문 바깥에 있다. 그것에 가까이 가고 싶지 않다. 누군가 골목을 지나갔다. 가로등이 켜졌다. 그리고 방금 꺼졌다. 나는 다시 바깥을 생각한다. 사람들이 거리낌없이 들이켜는 공기로 가득한 곳, 과도한 호흡으로 가득한 거리를 생각한다. 디디를 먹어치운 거리. 디디의 목을 부러뜨리고 머리를 터뜨린 거리. 거기엔 의미도 희망도 사랑도 없어. 죽은 것이나 다름없다. 그러나 여기는 다른가. 내가 지금 머물고 있는 곳, 여기 무엇이 있나. 벌거벗은 벽이 있고 내가 있고 의자가 있고 내 잡동사니가 있다. 나는 이것들과 더불어 이곳에서 먹고 자고 이따금 눈살을 찌푸리며 기묘한 욕을 내뱉는다. 공중에 대고 침을 뱉듯이. 그리고 그 침은 대개 내 눈썹과 내 턱으로 떨어지지.

내가 여기 틀어박혔다는 것을 아는 이 누구인가.

아무도 나를 구하러 오지 않을 것이다.

아무도 나를 구하러 오지 않을 것이므로 나는 내 발로 걸어나가야 할 것이다.

오랫동안 나는 그것을 생각해왔다.

복
경

웃고 싶지 않은데 웃어요. 자꾸 웃거든요. 나는 매일 웃는 사람입니다. 웃는 사람입니다, 라고 말하면서 지금도 웃지 않았나요? 웃고 싶은 건 아니었는데요 이렇게 웃습니다. 자꾸 웃거든요, 라고 말하면서도 내가 자꾸 웃거든요. 그러므로 너는 누구입니까, 어떤 사람입니까, 그런 질문을 받으면 나는 이렇게 대답합니다. 매일 웃는 사람입니다. 그것 말고 다른 것은 없으니까 그렇게 대답하는 수밖에 없어. 나에게도 질문할 차례가 주어진다면 이렇게 묻고 싶습니다. 당신은 어떻게 웃는 사람입니까. 당신은 웃는 것을 어떻게 경험하는 인간입니까. 어떻게 웃고 있습니까. 나는 이 질문들에 대한 대답으로 당신을 어느 정도 설명할 수 있다고 생각합니다. 그런데 나는 이런 이야기를 하고 싶은 것은 아닙니다. 일단 말해두겠는데요 그 소파를 찢은 것은 내가 아닙니다. 그 이야기를 하려고 나는 여기 왔습니다.

돌이켜보면 어릴 때부터 아주 웃는 인간이었습니다.

너는 어른들을 조금도 성가시게 하지 않았다, 조용히 누워 있는 애였어, 라고 내 어머니는 말하곤 했습니다. 눕혀두면 보채는 일도 없이 몇 시간이고 천장만 바라보며 노는 갓난아이였다고 합니다. 정말 그랬을 거라고 생각합니다. 어느 때의 기억인지는 알 수 없어도 천장에 달라붙은 빨간 벌레를 한동안 바라본 기억이 있습니다. 아마도 무당벌레였을 거라고 지금은 생각하는데, 작고 동그랗고 단단해 보이면서도 하찮게 부서질 것처럼 보이는 빨간 벌레가, 그게 조금씩 천장을 가로지르는 모습을 한참 바라본 기억입니다. 그것 말고 다른 일은 전혀 기억에 없지만 어머니의 말 그대로 얌전한 아이였을 것입니다. 내 아버지의 이른 죽음으로 육아와 생계를 혼자 해결해야 했던 어머니에게는 가만히 있는 것만으로도 안심이 되고 의지가 되는 아이였다고 합니다. 그 결과로 내 머리 뒤쪽은 눌려 있습니다. 뒤통수가 이렇게, 심하게 평평해서, 옆모습을 찍은 사진을 보면 어색하게 느껴질 정도입니다. 사람의 머리라는 게 이 정도로 평평할 수 있나, 괜찮을까 이 정도로 평평해도, 싶을 정도로 평평합니다. 덕분에 순조롭게 뒤로 돌출되지 못한 두개골이 위쪽으로 솟아버려서, 정수리는 뾰족하고 뒤통수는 납작한, 이를테면 뭐랄까 가난한 머리통이 되고 말았습니다. 가난한 머리통이라니 그런 건 없어, 라고 생각할지도 모르겠습니다. 그런데 있어. 비둘기가 있고 강낭콩이 있고 버찌가 있는 것처럼 아니야 그보다 휘슬러가 있고 버버리가 있는 것처럼 있어 그런 게. 왜냐하면 내가 그거거든. 가난한 머리통. 일단 나한테 그게 있으니까 그건 세상에 있는 거야. 오히려 너무 있어서, 가난한 머리통이라고 말하는 것 자체가 뭔가 지긋지긋할 정도다. 사는 동안에 나는 그런 머리통을 몇 개나 보았고 대부분 그런 머리통을 가진 사람을 미워했습니다. 뭐가 되었든 내가 가진 것을 남이 가졌다면 그것은 일단 꺼림칙하고 싫은 것이 되지 않겠어요? 그처럼 뒷머리가 납작하게 눌린 못생긴 어린아이였습니다. 스스로 몹시 못생겼다고 생각했기 때문에 거울을 잘, 들여다보지 못한 정도가 아니라 아예, 들여다보지 못하며 자랐습니다. 어머니는 매일 아침 커다란 거울 앞에 나를 앉혀두고 뒤쪽에서 집요하게 머리를 당겨 말꼬리 모양으로 묶어주었는데, 이 과정이 끝나 거울 앞에서 마침내 도망갈 수 있을 때까지 나는 눈을 감고 있었습니다. 길에서든 교실에서든 거울 앞을 지날 때는 바닥을 바라보며 재빠르게 걸었습니다. 다른 아이들이 교실에 걸린 거울 앞에 서서 자기 모습을 골똘히 들여다보며 머리를 빗거나 입술에 립밤을 바르는 것을 멀리서 지켜보며 경이롭다고 생각했습니다. 거울을 똑바로 볼 수 있다니. 저렇게 오래 거울을 바라볼 수 있다니. 별다른 이유도 없이 밉살스럽다고 느꼈던 동급생이 있었는데 그 정도로 그 아이를 밉살스럽게 여긴 것은 그녀가 가장 자주, 가장 오래 거울을 들여다봤기 때문 아닐까, 단지 그랬기 때문 아닐까, 지금은 그렇게 생각하고 있습니다. 어른이 되어서는 별다른 거리낌 없이 거울을 들여다보게 되었지만 머리통에 관한 콤플렉스는 좀처럼 사라지지 않아서, 지금의 나라는 인간이 형성되는 데 상당한 역할을 했다고 생각합니다. 예컨대 누군가 가까운 거리에 서는 경우, 불시에 내 뒤통수를 만지지는 않을까, 긴장합니다. 긴장이 되어서 어색하게 미소를 짓습니다. 이 긴장이 관계나 인생의 중요한 순간에 미묘하게 영향을 미치고 있다는 생각이 들 때마다, 이것은 머리통 때문이라고 결론을 내립니다. 내 뒷머리가 납작하기 때문이다.

왜 그랬어? 나를 왜 그렇게 내버려두었어? 이따금 어머니에게 물었습니다. 이리저리 조금만 굴려줘도 이 정도로 납작하지는 않았을 텐데 왜 그렇게 내버려두었어?

어째서 그랬어?

요즘도 기억 속의 어머니에게 묻고, 항상 듣는 대답을 듣습니다. 너는 어른들을 조금도 성가시게 하지 않았다. 조용히 누워 있는 애였어. 그런 대답을 들으면, 울지도 보채지도 않고 누워 있기만 했다는 그 갓난아이를 발로 밟아버리고 싶어지는 것입니다.

어머니를 사랑했습니다. 나름의 방식으로 사랑했다고 생각합니다. 어머니는 팔 년 전에 백혈병으로 돌아가셨습니다. 확진에서 사망까지 반년을 조금 넘겼는데 당시나 지금이나 선명한 꿈으로 여겨지는 나날입니다. 절대로 나아질 가망이 없고 나아지기는커녕 전날보다 더 악화될 수밖에 없다는 것을 매일 절감하는 일상이었습니다. 매일매일 어딘가 터져나가는 가죽 주머니처럼 새로운 증상들이 나타났고 절개와 시술이 이어졌습니다. 염증과 감염, 출혈, 출혈을 막기 위한 수혈과 또다른 출혈. 마지막 몇 주 동안에 어머니는 감염된 폐를 잘라낸 자리에서 흐른 피를 담는 둥근 플라스틱 백을 밤낮으로 옆구리에 달고 있었습니다. 혈소판을 몇 팩이고 수혈해도 피가 멈추지 않았습니다. 나는 어머니의 피가 고인 주머니를 손바닥에 올리고 가만히 들여다본 적이 있습니다. 그것을 아십니까 금방 싼 오줌보다도 뜨거워 사람의 피라는 것은. 이 정도로 붉다면 괜찮은 것 아닌가, 하고 멍하니 생각했던 것을 기억합니다. 백혈白血이라더니 조금도 하얗지 않고 빨갰던 것입니다. 내 피의 온도와 비슷한지 그 주머니는 별다른 위화감 없이 손바닥에 얹혀 있었고 지켜보는 중에도 어머니의 몸을 돌아 나온 피로 조금씩 부풀고 있었습니다. 내게는 그게 어머니의 내장인 것처럼 보였습니다. 부주의하고 부조리하게 바깥으로 비어진 새빨간 장腸. 어머니는 정갈한 사람이었으므로 정신이 또렷했다면 그것을 몹시 부끄럽고 당혹스럽게 여겼을 것입니다.

나는 울거나 아픔을 호소하거나 흐트러진 어머니의 모습을 본 적이 별로 없습니다. 그러나 마지막 반년 동안에 어머니는 내내 구토를 하고 오줌과 피거품을 흘리며 정신이 혼미한 채로 죽어갔습니다. 가슴에 꽂힌 관을 비롯해 몸에 연결된 튜브만 해도 평균 대여섯 개. 빈병에 꽂힌 식물처럼 순식간에 시들어 말라버렸습니다. 단지 육 개월이었는데. 그 정도 만에 사람은 산 채로 그렇게 되는 것입니다. 그런데 당신은 어떤가요? 여력은 충분한가요? 보험에라도 들었나요? 들지 않았나요? 어쩌자는 거지 보험도 없이. 어차피 암에 걸릴 텐데? 미래엔 아플 예정 아닙니까? 아픈데 돈이 없으면 병원비를 제때에 낼 수 없습니다. 병원비를 낼 수 없으면 처방을 받을 수 없죠. 병원비가 없어 죽는다는 의미가 아닙니다. 진통할 수 없다는 뜻입니다. 식욕이 없고 메스껍고 아무것도 먹을 수 없고 불안하고 가렵고 아프고 죽을 것 같고 불면, 고통, 아파, 살려봐, 나를 좀, 고통스럽다, 이 모든 순간에 방법이 없다는 뜻입니다. 알맞은 종류의 진통제를 충분한 양으로. 그것은 충분한 돈, 그것이 있을 때 가능한 이야기입니다. 돈 아니고 충분한 돈. 그것이 전제이고 전제가 마련되어 있지 않으면 그냥 서서 지켜볼 수밖에 없어 병신처럼. 언제나 그것을 상상해야 해. 그것을 상상하고 여력을 확보해두어야 합니다. 인간다움의 조건은 여력의 여부가 아닙니까. 나는 병원 복도를 서성이며 전화기를 붙들고 소리지르던 남자를 기억하고 있습니다. 입원한 환자의 보호자들은 중간에 병원비를 정산하는 것으로 청구액을 지불할 수 있는 능력을 주기적으로 증명해줘야 하는데 그 남자는 그럴 수 없었던 것입니다. 중간 정산으로 사백육십만원을 긁어야 하는데 카드 한도가 삼십만원밖에 남지 않았다며, 지금 엄마 수혈하고 진통제도 받아야 하는데 카드 한도가, 라고 화를 내던 그 남자는, 아 그러니까 내 남동생은, 도대체 어디에 화를 내고 있었던 걸까요? 나는 그렇게 되고 싶지 않습니다. 다시는 그렇게, 그 남자와 그의 누나처럼 초췌하게 그렇게, 되고 싶지 않다. 살려내고 싶어도 살릴 수 없는 사람이 죽음을 앞두고 고통으로 괴로워하는데 진통조차 해줄 수 없는 형편이라면 그 마음은 뭐가 되겠습니까. 짐승 아니겠습니까. 짐승이 되어버린 것과 같지 않겠습니까. 그래서 나는 돈을 벌어. 그 짐승이 되지 않으려고 돈을 법니다.

이렇게 오래 앉아 있어본 것이 언제였는지 모르겠습니다. 모르겠습니다, 라고 말하면서 내가 웃지 않았나요? 웃어버렸는데요. 별로 웃고 싶지도 않았는데 이렇게 자꾸 웃어요. 봤나요 그거? 그거, 내가 웃는 거 말입니다.

인간은 일생 동안 하루를 웃는다.

이런 문구를 화장실에서 읽었습니다. 사흘 전이었는지 나흘 전이었는지는 모르겠네. 변기에 앉으면 눈높이로 읽을 수 있도록 이런 내용이 인쇄된 종이가 문에 붙어 있었습니다. 칠십 년을 산 인간은 이십육 년을 일하고 이십삼 년을 자고 삼 년을 기다리고 단 하루를 웃는다. 웃을 일이 더 많은 사람이라면 하루보다야 더 길겠지만 어쨌거나 포인트는 몇십 년을 살고도 인간은 고작 그 정도를 웃는다는 이야기였습니다. 변기 속으로 오줌이 방울방울 떨어지는 소리를 들으며 물끄러미 그걸 읽었습니다. 뭘 당연한 소리를 하고 있어, 라고 생각했습니다. 그렇지 않나요? 인간은 별로 웃지 않는 생물입니다. 웃을 일이 뭔가 있어? 있습니까? 나는 매일 웃는 인간이라서 만성적으로 웃고 있지만 인간은 본래 이렇게까지 웃지 않아도 괜찮은 생물입니다. 왜냐하면 괜찮지 않으니까. 이 정도로 많이 웃는 인간인 내가 별로 괜찮지 않으니까. 당신은 괜찮은가요? 웃고 있나요? 어떻게 웃습니까? 말해주시겠습니까 당신이 어떻게 웃는지를 자세히 좀. 궁금합니다. 당신은 웃음을 어떻게 경험하는지 내가 몹시 궁금합니다.

관찰과 가늠. 그것이 내가 하는 일입니다. 매장에 서서 통로를 응시하며 지나가는 사람들을 관찰하고 니즈를 파악하고 레벨을 가늠하는 것. 언제고 내가 일하는 구층에 한번 들러주시기를 부탁드립니다. 침구류 매장입니다. 당신이 어떤 이불 앞에서 걸음을 멈추는지, 어떤 자세로 서서 그것을 어떻게 바라보는지, 이불깃을 한 번 만지는지 두 번 만지는지 그냥 바라보기만 하는지, 그런 것만 보고도 나는 당신의 니즈와 레벨을 파악하고 적당한 것을 권해드릴 수 있습니다.

처음에 내가 이 직장을 선택했을 때 남편은 걱정이 많았습니다. 판매 서비스업은 고객들에게 시달리기로 악명 높은 일자리라며 다른 일을 찾아보자고 나를 말렸지만 글쎄 일단은 판매 서비스가 아닌 직종이라는 게 세상에 남아 있기나 한 건지, 그리고 대개의 사람들이 생각하는 것과는 달리 고객들에게 시달리는 것보다는 같은 층에 상주하는 사람들에게 시달리는 일이 더 많습니다. 몸에 와 닿는 최악은 대부분 우리끼리, 에서 비롯되는 것입니다. 왜냐하면 서로 미워하거든. 서로 깊이, 욕을 하거든. 백화점에는 판매원과 계산원과 미화원과 조리사가 있는데 판매원과 계산원은 서로를 증오하고 미화원은 둘 다를 증오하고 직원식당의 조리사들은 이들 모두를 증오하고 이들 모두는 조리사들을 증오합니다. 알겠습니까? 다시 해볼까? 판매원들은 별것도 아닌 것들이 뚱한 표정으로 답답하게 군다고 계산원들을 욕하고 계산원들은 아무것도 모르는 것들이 무작정 전표나 들이민다고 판매원들을 욕하고 미화원들은 그녀들이 싼 것을 치워야 하니까 그년들이라고 욕해. 얼마 전에도 나는 화장실에서, 삼층에서 일하는 사람이 왜 구층에서 싸고 있느냐고, 해당 구역에서 싸라고, 잠긴 문을 두들기며 격분하여 외치고 있는 미화원을 목격한 적이 있습니다. 이처럼 미화원은 판매원과 계산원을 증오하고 판매원과 계산원은 미화원을 미워하고 그들 모두는 음식을 맛없게 만든다고 직원식당의 조리사들을 미워하고 조리사들은 다 처먹지도 않을 음식을 더 달라고 조르는 것들이라고 판매원과 계산원과 미화원을 두루두루 미워하는데 뭔가 영원한 돌림노래처럼, 네? 고객은 스쳐가지만 나와 이들은 한 개의 주머니에 담긴 채 뒤섞이는 존재들입니다. 특히나 판매원들끼리는 말입니다. 창도 벽시계도 없이 오전 아홉시부터 오

196

후 아홉시까지 하루의 절반을 꼬박 같은 공간에 머물면서, 가족보다도 더 오랜 시간 눈을 뜬 채로 서로를 바라볼 수밖에 없는 사람들이니까. 생글생글 웃으면서 서로의 성과를 목격하고 탐내고 그런데 그 서로간에는 조금의 벽도 없어서, 이 굶주림과 질시와 멸시가 경계도 없이 왔다갔다…… 갇힌 물을 휘젓는 거대한 브러시 같은 것이 있어 이것이 모두의 얼굴을 이쪽에서 저쪽으로 쓸어가고 다시 이쪽으로 쓸어오고 이것은 마치…… 양념 감자튀김 같고요. 그거 몰라요? 롯데리아에서 팔았잖아? 감자튀김이 담긴 봉지에 양념 분말을 붓고 마구 흔들어 먹는 메뉴, 그것과 같은 맛. 같은 양념의 맛. 그래서 이 정도로 서로를 미워하는지도 모르겠습니다. 견딜 수가 없는 게 아닐까요? 내 맛인데 니 맛이기도 해. 니 맛인데 내 맛이기도 하고. 내가 왜 너하고 같지? 같지 않은데 같은 맛이라면 결국은 같은 건가? 이런 생각을 하게 되는 우리끼리, 라는 관계보다는 고객과의 관계가 훨씬 산뜻하다고 나는 생각합니다.

고객과의 관계는 괜찮습니다. 인격적인 관계가 아니라고 생각하기 때문에 괜찮아요. 게다가 귀여운 경우도 있고 의외의 기쁨을 선사하는 경우도 있으니까. 예컨대 어느 날 오후에…… 아마도 오후에…… 지나가던 부인들이 불쑥 우리 매장으로 들어왔습니다. 둘이었습니다. 사십대 초반과 삼십대 후반쯤. 둘 중에 한 명이 검은 펠트 모자를 쓰고 있었다는 점이 기억에 남을 뿐 평범한, 지금 생각을 해도 얼굴조차 기억나지 않고 그전에도 본 기억이 없는 사람들이었습니다. 그녀들은 매장에 진열된 이불에는 전혀 관심을 보이지 않고 자기들끼리 잡담을 나누며 곧장 매니저에게 다가가더니 주차료 정산에 쓸 영수증을 한

장 달라고 말했습니다. 내가 가진 영수증으로는 조금 모자라네? 라고 하기에 네 그러세요, 하고 우리 매니저가 흔쾌히 영수증을 내줬습니다. 그녀들이 가고 난 뒤 매장으로 전화 한 통이 걸려왔습니다. 조금 전에 영수증을 받아간 사람인데 기억하느냐고 묻는 내용이었습니다. 기억한다고 내가 대답했더니 아 잘됐다고 하면서 너 지금 화장실에 좀 가보라고 그녀는 말했습니다. 화장실에 핸드백을 두고 왔다는 것이었습니다. 내가 깜짝 놀라서 아 지금 고객님 어디신데요 어느 매장 앞이세요? 라고 묻자 아니야 내가 지금 주차장에 내려와 있는데 다시 올라가기가 성가시니까 니가 좀 가지고 내려와, 라는 것이었습니다. 이건 좀 아무리 나라도 야 이런 시팔 년이 있어, 라는 생각이 조그맣게 드는 순간이지만 내가 뭐라고 했겠습니까. 직원은요 고객용 화장실에 들어갈 수 없습니다 고객님.

고객용 화장실은 어디까지나 고객을 위한 공간이므로 고객용 화장실에 똥을 싸러 들어갈 수 있는 것은 고객뿐이고요 뭔가 쌀 작정이 아니더라도 직원은 출입 자체가 되지 않기 때문에 저는 할 수 없고 예외는 없습니다. 그렇게 대답했습니다. 실은 몰래몰래 슬쩍슬쩍, 고객용 화장실을 이용하고 있으므로 할 수는 있는 일이었습니다만 하지 않으려고 그렇게 대답했고 그런 대답이 마련되어 있어 다행이라고 생각했습니다. 매장에서 멀리 떨어진데다 두 칸밖에 되지 않는 직원용 화장실을 이용해야 한다는 게 평소엔 조금 불만이었고 치사하다고 생각하고 있었는데, 치사하게 되어 있어서 다행, 이라고 한순간 생각한 것입니다. 다행이지 않습니까. 다행이라고 생각할 수 있었다니 얼마나 다행입니까. 치사하지만 어떻게도 할 수 없는 조건이라면 그걸 다행이라고 생각할 수 있는 순간도 한 번은 있어야 하는 것 아닙니까? 조금 더 해보겠습니다. 이 이야기를 조금 더…… 괜찮을까요? 할 수 없게 되어 있기 때문에 할 수 없다고 단호한 대답으로 전화를 끊으며 내가 실은 웃었습니다. 그것을 기억해두고 싶습니다. 그 웃음을 특별하게 기억하고 싶은 것은 그렇게 웃고 싶기 때문입니다. 뭐랄까 뜨겁게 마른 입속에서 조그맣고 차가운 것이 탁 터진 것 같은 그런 아 뭐라고 말할 수 없어 감질나지만 기쁘게 아 그렇게 웃고 싶습니다. 어차피 매일 웃을 거라면 그렇게 웃고 싶습니다. 그것은 내가 계속 짓는 웃음과는 다른 웃음이라서 내 웃음이 웃음 아닌 다른 것이라는 점을 좀 생각하게 만든 웃음이었지만 정말, 맛이 있었습니다. 알고 계셨습니까. 웃음에도 맛이 있어. 그것을 알게 해주었으므로 이런 고객은 오히려 귀엽고 유의미하다고 생각합니다.

물론 그 경우를 일반적이라고 할 수는 없습니다. 보다 일반적으로 만나게 되는 고객들은 이미 화가 나 있거나 화를 낼 태세가 되어 있는 경우가 많으므로 긴장하고 있지 않으면 안 됩니다. 별의별 상황에서 별의별 사람을 겪습니다. 특별하게 지독한 경우엔 공손하게 모은 손으로 아랫배를 꾹 누른 뒤 내가 방금 스위치를 눌렀다고 생각합니다. 그 간단한 조치로 뭔가, 인간 아닌 것이 있다고 생각할 수 있게 됩니다. 뭔지 모르게 인간 아닌 것이 소리를 내고 있다, 라고 생각해야 흉측한 상황에서도 끝까지 웃으며 제대로 서 있을 수 있습니다. 내가 말하지 않았던가요? 고객과의 관계를 인격적 관계라고 착각해봤자 실수하고 울게 되는 것은 나, 뿐입니다. 나밖에 없습니다. 그것을 가르쳐준 사람이 매니저로, 이 사람은 이 분야의 최고입니다.

오늘이라도 우리 매장을 방문해준다면 그녀를 볼 수 있을 텐데요. 예쁘게 나이를 먹은 얼굴에 차림새도 응대도 세련된 사람. 응대가 세련되었다는 이야기는 능숙하다는 뜻입니다. 고객이 매장으로 들어서서 매니저의 질문에 한 번이라도 대답을 하면 그걸로 끝입니다. 아들이 덮을 싱글사이즈 담요를 보러 들른 고객이 결국엔 더블사이즈 담요에 자기가 덮을 이불과 거위털로 속을 채운 베개까지 들고 가는 등의 패턴인데 만족도가 높고 반품으로 되돌아올 확률도 낮습니다. 고객의 입장에서는 상술에 넘어가 필요하지도 않은 것을 샀다고 생각하게 되는 것이 아니고 정말 필요한 물건을 합당한 가격에 샀다는 생각으로 기분좋게 돌아가는 것입니다. 이런 경우엔 흔하게 구매는 재구매로 이어지고 방문은 재방문으로 이어져…… 그녀가 매니저로 일하는 매장은 가장 먼저 목표 매출액을 달성합니다. 전국의 침구류 매장에서 그녀의 이름을 모르는 사람이 없습니다. 그녀가 행사 매장에 파견이라도 될 경우 다른 매장들은 그날의 매출을 일단 반의반 토막으로 놓고 본다는 이야기가 나올 정도로 그녀는 능숙합니다. 매니저가 손님을 응대할 때는 옆 매장의 매니저들이 복도로 나와 구경합니다. 어떤 말로 어떻게 팔아먹나를 목격하고 배우려고 삼킬 듯 바라보는 것입니다. 실제로 보고 배워 말투까지 따라 하는 사람도 있으니까. 나도 그녀에게 배우는 것이 많습니다. 도게자土下座라는 것을 가르쳐준 사람도 그녀입니다.

이따금 매니저는 립스틱을 새로 바르고 백화점 근처 지하상가로 내려갑니다. 거기로 내려가서 그녀가 무엇을 하느냐면…… 구매합니다. 저렴한 스커트와 블라우스와 양말 같은 것을 손에 잡히는 대로 계산대에 쌓아두고 그 매장에서 일하는 사람을 갈굽니다. 최고, 라고 할 수 있을 정도로 매력 있게 옷을 줄 아는 그녀가 조금의 미소도 없이 매장 직원을 세워두고 질문이나 트집으로 몰아붙이고 까다롭게 굴면서, 그들이 애먹는 모습을 관찰하는 것입니다. 노골적으로 사람을 무시하는 그 태도는 그녀와 내가 매장에서 겪는 고객들 가운데 가장 유난하고 잔혹하게 구는 사람들과도 꼭 닮아서, 지켜보는 내가 조마조마하고 민망할 정도입니다. 왜 그렇게 하느냐고 물은 적이 있습니다. 왜 그 사람들처럼 해요, 그게 어떤지 언니도 알면서. 그러자 그녀는 내게 반문했습니다. 도게자라고 알아 자기?

도게자.

이렇게, 인간이 인간의 발 앞에 무릎을 꿇고 머리를 숙이는 자세를 도게자라고 해. 사람들은 이걸 사과하는 자세라고 알고 있지만 이것은 사과하는 자세가 아니야. 본래 사과하는 자세가 아니다. 이게 뭐냐하면 자기야, 그 자체야. 이 자세가 보여주는 그 자체. 우리 매장에서 난리치는 사람들, 그 사람들? 사과를 바라는 게 아니야. 사과가 필요하다면 죄송합니다 고객님, 으로 충분하잖아? 그런데 그렇게 해도 만족하지 않지. 더 난리지. 실은 이게 필요하니까. 필요하고 바라는 것은 이 자세 자체. 어디나 그래 자기야. 모두 이것을 바란다. 꿇으라면 꿇는 존재가 있는 세계. 압도적인 우위로 인간을 내려다볼 수 있는 인간으로서의 경험. 모두가 이것을 바라니까 이것은 필요해 모두에게. 그러니까 나한테도 그게 필요해. 그게 왜 나빠? 라고 매우 아름다운 얼굴로 말한 뒤 그녀는 이런 이야기를 덧붙였습니다.

게다가 자기야, 나는 무시당하는 쪽도 나쁘다고 생각해. 자존감을 가지고 자신을 귀하게 여겨야지. 존귀한 사람은 아무에게도 무시당하지 않는다. 스스로를 귀하게 여길 줄 모르는 사람이나 진정으로 당하는 거야 무시를.

그 이야기를 듣고 집으로 돌아가면서 나는 생각이 많았습니다. 발을 주무르고 화장을 지우고 세수를 하고 잠자리에 누워서도 계속 생각했습니다. 정말 기묘한 이야기라고 생각했습니다. 스스로를 귀하게 여길 줄 모르는 사람이나 진정으로 당한다 무시를. 지금까지 들은 적도 본 적도 없는 것처럼 여겨지는 그 말을 생각하고 생각했습니다. 자존감, 존귀한 사람.

그게 도대체 뭘까요?

남에게 무시를 당한다면 당하는 나도 나쁘다. 왜냐하면 내가 존귀하니까. 나도 실은 존귀하니까. 그런데 나는 과연 존귀한 걸까요? 내가 나를 존귀하다고 여기고 있는 걸까요? 아무리 생각해도 스스로 귀하다는 식으로 생각해본 적이 없는데요 나는? 그것은 어떻게 하게 되는 생각일까, 하고 생각하느라고 잠을 이룰 수가 없었습니다. 정말이지 그것은 어떻게 느끼는 것입니까? 사람이 날 때부터 존귀하다면 그것을 스스로 알아채게 되는 때는 언제일까요? 어떻게 그렇게 되는 것일까요? 학습되는 것입니까? 스스로 귀하다는 것은…… 자존, 존귀, 귀하다는 것은, 존, 그것은 존, 존나 귀하다는 의미입니까. 내가 존귀합니까. 나는 그냥 있었는데요 언제나 여기저기에 있었는데요. 이렇게 그냥 있어도 존귀할 수 있습니까. 존귀하다는 것, 그것은…… 아

202

무래도 상태는 아니지 않아? 정태靜態가 아니고 동태動態가 아닙니까? 가만히 있어도 존나 귀하다면 그것은 일단 인간은 아니라는 생각이 드는데요. 그냥 있는 것 자체로 존귀한 것이 있다면 그것은 우선 인간에 속한 게 아니라는 생각이요. 왜냐하면 인간은 똥을 싸는 데에도 비용을 지불해야 하는 생물이니까 병원비와 생활비도 벌어야 하고 그렇지 않습니까. 당신은 어떻습니까. 괜찮습니까. 자존하고 있습니까 제대로…… 존귀합니까. 존나 귀합니까…… 누구에게 그것을 배웠습니까.

나는 웃는 인간입니다.
언제나 웃고 있습니다. 사소한 계기로 그것을 깨달았는데 이제 그 이야기를 해보겠습니다. 수요일이었다고 기억합니다. 이불을 환불하겠다는 고객이 매장을 방문했습니다. 전화로도 몇 차례 문의를 해온 고객으로 육 개월 전에 구입한 이불을 환불하고 싶다는 용건이었습니다. 겨울에 사 간 겨울용 이불을 여름에 가져오겠다는 내용으로 뭔가 뻔했지만 일단은 상태를 확인해야겠으니 매장으로 이불을 가지고 나오라는 대답을 해둔 적이 있었습니다. 사자마자 창고에 그대로 넣어두었다가 최근에야 꺼내보았더니 이런 상태, 라며 펼쳐 보이는 이불엔 사용한 흔적이 또렷했습니다. 솜도 모조리 눌려 있고 가장자리는 누르스름했으며 한쪽 귀퉁이엔 뭔지 모를 핏자국마저 있었고 무엇보다도 이불 전체에 그것을 덮고 잔 사람의 냄새가 배어 있었습니다. 체취란 한 번을 덮어도 스며드는데 한두 번 사용한 것이 아니었습니다. 이불을 가져온 사람은 셋으로 여자가 둘, 남자가 하나. 매니저와 내가 이불을 펼쳐두고 심각하게 내려다보고 있는 동안 그들은 진열된 쿠션을 찔러보는 등 매장을 둘러보는 척하고 있었습니다. 이건 사용을 하셨네요, 라고 매니저가 마침내 이불을 가리키며 말하자 그들은 공격적인 태도로 따지기 시작했습니다. 댁한테도 그렇게 보이죠? 우리한테도 그렇게 보이는데, 포장도 안 뜯고 넣어놨는데 뜯어보니 이 지경, 어떻게 이런 걸 팝니까 장사꾼이, 아 몰라 무조건 환불해달라, 하자 있는 물건을 팔아놓고…… 환불이 된다고 했으니까 이걸 가지고 나왔지, 손님을 오라 가라 했으면 책임을 지시오, 교환은 됐고 환불, 백화점에 안 되는 게 어디 있어 아? 라는 순서였습니다. 무슨 일이 있어도, 라는 태도로 작정을 하고 온 사람들은 당해낼 수가 없습니다. 이런 경우 매니저는 원하는 대로 해주되 매우 기다리게 만드는 방법으로 복수합니다. 한동안 매장 안을 떠돌며 떠들도록, 자기들끼리 떠들다가 머쓱해져 입을 다물고 서성이다가 그런데 생각하고 보니 이것들이, 라는 방식으로 분해 다시 떠들다가 다시 조용해지는 타이밍에야 환불을 진행하는 방법으로, 지각이 조금이라도 있는 사람이라면 원하는 것을 받고도 미묘하게 자존심이 상해 불편한 얼굴이 되고 마는데, 매니저가 생글생글, 싸늘하게 웃으며 기다리는 것이 바로 그것입니다. 이날도 그런 과정을 다 거친 뒤에야 환불이 진행되었습니다. 매니저가 계산대에서 환불 작업을 하는 동안 나는 이불을 접었습니다. 내밀하고도 노골적으로 냄새를 풍기고 있는 이불을 접어 봉투에 눌러 담은 뒤 계산대 쪽으로 가져갔습니다. 세탁소로 보내려고 그것을 바닥에 내렸는데, 모르겠습니다 귀신이 툭, 친 것처럼 이불 덩어리를 놓쳐서, 아무렇게나 묶은 그 이불 덩어리가 환불을 기다리고 있던 여자의 정강이를 때리고 만 것입니다.

실수였습니다.

죄송합니다. 던진 것이 아닙니다. 아뇨 불만 없습니다.

아무리 말해도, 곧이곧대로 들어주지 않았습니다.

왜 던져? 어디다 던져? 이게 뭔데 던져? 너 뭐가 불만이냐 지금 불만이라서 이러는 거냐? 라는 말을 계속 듣다보니 던졌나, 내가 던졌나, 불만을 품고 나도 모르게 내가 던졌나, 라는 생각도 들었지만 그건 정말 의도치 않은 사고였습니다. 나는 사과했습니다. 웃으면서요. 이상한 일은 아니었습니다. 항상 웃으니까. 매일 웃고 있으니까. 곤란하고 불편할 때 나는 항상 웃고는 했으니까. 아니면 뭘 할까요? 어떻게 할까? 울까? 그냥 울어? 곤란하고 불편하니까? 웃는 수밖에 없잖아. 웃으면서, 죄송하다고 할 수밖에. 그러니까 죄송하다고, 웃으면서 죄송하다고 말하자 그들은 지금 웃냐고 묻기 시작했습니다. 웃어? 왜 웃어? 너 왜 웃어 웃기냐? 우습냐 우리가? 우스워 이 상황이? 내가 웃겨?

아니요, 아니요, 라고 대답하면서도 나는 웃고 있었습니다. 웃는 것을 내가 멈출 수 없었습니다. 진정으로 당혹스럽게도 내가 웃는 것을 내가 멈출 수 없었습니다. 웃고 있었습니다. 죄송합니다, 웃지 않겠습니다, 라고 하면서도 계속, 이상한 가면이라도 쓴 것처럼 웃는 얼굴이었습니다. 죄송합니다, 멈추겠습니다, 웃지 않겠습니다, 라고 말하면서도 웃고, 멈추려고 할수록 단단하게 웃는 얼굴이 되어서, 그것을 감추려고 고개를 숙였습니다. 피가 몰려 얼굴이 더욱 느껴졌습니다. 내 얼굴, 웃는 그것, 흡착된 것처럼, 이 웃는 얼굴에서 달아날 수가 없었습니다. 매니저는 어디에 있습니까. 그녀가 숨죽이고 나를 관찰하는 기색이 느껴졌습니다. 성난 기색으로 발을 벌리고 서서 아? 왜 웃어 이 아가씨야 뭐가 웃겨 지금? 하고 소리를 지르고 있는 고객보다도, 매니저가 있는 쪽에서 번져오는 침묵이 훨씬 존재감 있었습니다. 그녀의 검은 눈 위에 발을 딛고 서 있는 것 같았습니다. 죄송합니다. 죄송합니다. 고개를 숙인 내게 아랫도리를 들이미는 것처럼 서 있는 고객의 옷자락에서 조금 전에 내가 얼마간 경멸하며 봉투에 구겨넣은 이불과 똑같은 냄새가 났습니다. 나는 여전히 나를 골똘하게 바라보고 있는 매니저의 눈, 묵직한 자력이 느껴지는 그 검은 웅덩이에 발을 디딘 채로 죄송합니다, 식은땀을 흘리며, 웃고 있었습니다. 뭘 하고 있습니까. 그녀가 나를 관찰하고 있습니까. 존귀를 가늠하며 싸늘하게 관찰하고 있습니까. 내가 웃고 있었습니다. 이렇게 웃는구나, 아 이게 내 웃음이로구나, 라고 생각하며 계속해서 웃고 있었습니다.

그것은 웃음이었을까요?
이것은 웃음일까요?
이것은 무엇입니까? 웃음입니까? 이런 것을 웃음이라고 하니까 이상해지는데요. 웃늠은 어떻습니까. 웃늠이라고 할까요? 웃늠이라고 부를까요? 웃늠 웃늠 웃늠. 웃늠이라니 기묘하지만 웃음보다는 기묘한 이름으로 불러야 한다는 생각인데요. 웃늠이 적당하지 않을까요 그러니까. 왜냐하면 이것은 진짜, 웃지만 웃음이 아니니까. 웃음이 아니면 이것은 무엇일까요? 표정이라고 해야 좋을지 상태라고 해야 좋을지, 도대체 이것은 정태입니까 동태입니까. 일종의 짐승이라는 생각도 드는데요. 웃음, 웃음이라는 짐승. 왜냐하면 이것이 내 얼굴에 나타날 때마다 나는 얼굴째 빨아먹히는 것 같으니까. 보이십니까. 내가 웃습니다. 웃음, 하고. 웃음, 하고.

이제 그 소파에 관한 이야기를 해보겠습니다. 이제 할 수 있을 것 같다는 생각이 듭니다.

소파, 애초에 나는 그 이야기를 하려고 했는데요.

내가 웃음을 웃는다는 것을 알게 되고도 달라지는 것은 없었습니다. 별다르게 달라지는 것 없이, 일상입니다. 여름이 지나고 가을도 지나 성탄절을 맞아 전체 매장이 세일에 들어갔습니다. 그 소파가 사람들에게 들려 통로를 지나가던 광경을 나는 무심히 바라보았습니다. 자단 팔걸이가 달린 분홍색 소파. 송아지와 돼지 가죽을 사용해 만들었다죠? 스티로폼으로 만든 생강 과자를 붙이고 성탄절 분위기를 내는 천을 늘어뜨려 화려하게 꾸민 그 소파는 맞은편 매장의 전시용품이었습니다. 그쪽 매장의 관리자는 호탕한 척을 하지만 시기심과 욕심을 드러내는 경우가 많아 좀 불편하게 여겨지는 사람이었습니다. 우리 매장의 장사가 잘될 때 문득 고개를 들면 진열대 너머에서 이쪽을 빤히 바라보는 그녀와 눈이 마주치는 경우가 있었습니다. 그럴 때는 인사를 해도 받아주지 않고 고개를 돌려버립니다. 이따금 그 매장 앞을 지날 때 보면 그녀가 우리 매니저의 말과 말투로 고객을 대하고 있는데 그게 조금도 자연스럽지 않아서 내가 씁쓸하게 웃고 지나간 적이 몇 차례 있었습니다. 그 정도일 뿐, 내가 그녀에게 특별하게 원한을 품을 만한 일은 없었습니다.

　이런 일이 있기는 했습니다. 그제…… 아마도 그제…… 어제도 그제도 바빴지. 성탄절이 임박했으니까. 머리를 새로 묶을 틈도 없이 창고와 매장과 배송팀을 오가느라고 나는 녹초가 되어 있었습니다. 오후에 문득 오가는 사람의 발길이 끊겨 그 틈에 좀 쉬자고 침구류 매장 사람들과 구석에 모였습니다. 종이컵에 커피를 담아 마시며 한숨 돌리고 있는데 맞은편 매장의 그녀가 막내야, 하고 나를 불렀습니다. 나더러 그만 좀 웃으라고 그녀는 말했습니다. 손님을 대할 때 너무 웃는다며 전부터 말하고 싶었는데 그렇게 웃는 거, 싸구려로 보인다고 그녀는 말했습니다. 보고 있는 자기가 다 창피할 때도 있는데 대체 왜 그렇게까지 웃냐고 그거 좀 비굴하게 보이게, 매장에서 일하는 사람들 전체 이미지도 안 좋아질 수 있으니까 적당히 웃으라는 이야기였습니다.

　내 생각에 그 이야기를 들은 것은 나뿐입니다. 그랬을 거라고 생각합니다. 우리 매니저는 다른 매니저와 무슨 이야기를 하며 웃고 있었습니다. 나는 내가 입으로 물었던 자국이 있는 컵을 내려다보다가 맞은편 매장 그녀를 바라봤습니다. 그녀는 벌써 다른 사람에게 고개를 돌리고 그 사람의 이야기를 듣고 있었습니다. 지금 듣는 이야기가 깜짝 놀랄 이야기라는 듯, 작고 좁은 눈을 힘껏 뜬 채로 고개를 끄덕이고 있었습니다. 그 정도 일이 있었을 뿐. 그뿐인 일이 있기는 했습니다……

　……보고 있습니까. 보고 있습니다. 나도 보고 있어요. 상당히 좋

지 않은 화질이네요. 얼굴 윗부분이 화면 바깥으로 나가서 제대로 알아볼 수도 없고요. 그러나 저것은 내가 맞습니다. 그날 마감 후에 내가 가장 늦게까지 남아 있었고요 네 저렇게 저기 앉아보기도 했습니다. 다음날 행사를 준비하다보니 그 시간이 되어버린 거죠. 모두 퇴근하고 아무도 없는 백화점을 한번 걸어보고 싶었습니다. 걷다보니 피곤해 그 소파에 앉았고요. 그게 저기 찍혀 있네요. 소파에 앉는 내가…… 그러나 나는 저기 잠깐 앉았다가 바로 일어났는데요. 앉았다가 일어났을 뿐. 소파를 한 번 쓰다듬었죠 손으로. 그 장면이 저기 찍혀 있네요. 저렇게 짧게 앉았다가 일어났고 단 한 번 쓰다듬었을 뿐인데, 그 정도로 소파를 난도질할 수 있을 것 같습니까. 소파가…… 완전히 너덜너덜할 정도로 찢어졌다면서요. 난도질되어 있었다면서요. 무서운 일입니다. 그 가죽소파가 진짜 송아지나 돼지였다면…… 피를 흘렸겠죠. 옛날에 돌아가신 우리 어머니의 백혈보다 더 빨갛거나 뜨거운, 그런 것이 흘러나왔겠죠. 아 무서워요 무서워. 하지만 저것은 이미 죽은 짐승의 가죽으로 만든 소파이고 보시다시피 나는 저기 딱 한 번 앉았을 뿐, 잠시 머물렀을 뿐이고, 한 손으로 소파를 쓰다듬었을 뿐입니다. 그런데 어떻게 그 찰나에 그 정도로 난도질을 할 수 있었겠습니까. 인간으로서, 그게 가능한가요?

 …… 웃고 있네요. 화면 속의 내가 웃고 있어. 저 입을 보십시오. 저 것은 웃음인데, 보이나요? 왜 저렇게 웃는 걸까…… 미친 것도 아닌데. 미친년도 아닌데. 미친년은 웃지. 내가 살면서 목격한 미친년은 모두 웃고 있었거든요. 그런데요 왜 인간은 미치면 웃는 걸까. 대답을 해보세요. 도대체 왜 웃는 걸까요 미치면. 우는 것은 당연하지. 미쳤

으니까. 미치면 무서울 테죠. 미친다는 것은 껍질이 모조리 깎여 알맹이로 벗겨진다는 것이고 알맹이로 벗겨진 인간은 무섭겠죠 모든 게. 세상은 모서리와 첨단尖端으로 가득하니까. 세상은 이렇게 찔러대고 무서운 것, 투성이니까 울어야죠 무서우니까. 그런데 도대체 왜 웃는 걸까요 미친년은.

당신은 어떻게 웃습니까.

나는 이렇게 웃습니다. 구겨집니다. 얼굴이 종이 공처럼 비고, 그 공허한 중심을 향해 바삭바삭 구겨집니다. 바삭와삭, 와삭, 와중에도 입만은 웃고 있어서, 장력을 잔뜩 받은 실처럼 팽팽하게 당겨지며 직선이 되고 맙니다. 구겨지고 구겨지는 동안 이 입만은 점점 더 팽팽하게 당겨진 채로 웃는 얼굴입니다. 팽팽하게 웃는 입만 남습니다. 웃고 있는 직선입니다. 직선인데 웃고 있어. 이것은 얼마나 새빨갛게 부조리한 것입니까. 매일 그처럼 구겨지고 당겨지다보니 더는 불가능할 것 같은데도 매 순간 구겨지고 당겨지고, 아 이제 더는 안 되겠다고 생각한 그다음 순간에도 구겨지고 당겨져서, 인간이란 참으로 경이롭다고 생각하는 순간의 연속입니다. 혹은 내게 남다른 여력이 있는 것뿐인지도 모르겠습니다. 나만 그런지도 모르겠어. 웃고 싶은 일이 진심으로 많은 사람이라면 이 정도로 구겨지지 않고도 웃을 수 있지 않을까. 어떻습니까. 웃고 싶습니까. 웃고 있습니까. 여기서는 당신이 어떻게 웃는지를 볼 수 없습니다. 말해주시겠습니까. 어떻게 웃는지를 자세히 좀. 궁금합니다. 당신이 웃는 것을 어떻게 경험하는 인간인지 내가 몹시 궁금합니다. 웃고 있습니까. 웃고 싶습니까. 웃음입니까. 웃음입니까. 웃고 있습니까. 왜 너는 웃지 않냐 장난하냐 내가 지금 웃는데.
　이렇게 웃는데.
　웃는다.

　내가 지금 웃는다.

| 수록 작품 발표 지면 |

上行 …… 『문학과사회』 2012년 봄

양의 미래 …… 『21세기문학』 2013년 가을

상류엔 맹금류 …… 『자음과모음』 2013년 가을

명실 …… 웹진 〈한판〉 2013년 12월(발표 당시 제목은 '아무도 아닌, 명실')

누가 …… 『문예중앙』 2013년 겨울

누구도 가본 적 없는 …… 『문학동네』 2015년 가을

웃는 남자 …… 『문학과사회』 2014년 가을

복경 …… 『한국문학』 2015년 봄

문학동네 소설

아무도 아닌
ⓒ 황정은 2016

1판 1쇄 2016년 11월 30일
1판 15쇄 2021년 11월 30일

지은이 황정은
책임편집 황예인 | 편집 정은진 김내리 이성근
디자인 최윤미 유현아 | 마케팅 정민호 이숙재 우상욱 정경주
홍보 김희숙 함유지 김현지 이소정 이미희
제작 강신은 김동욱 임현식 | 제작처 영신사

펴낸곳 (주)문학동네 | 펴낸이 염현숙
출판등록 1993년 10월 22일 제406-2003-000045호
주소 10881 경기도 파주시 회동길 210
전자우편 editor@munhak.com | 대표전화 031) 955-8888 | 팩스 031) 955-8855
문의전화 031) 955-3578(마케팅) 031) 955-8864(편집)
문학동네카페 http://cafe.naver.com/mhdn | 트위터 @munhakdongne
북클럽문학동네 http://bookclubmunhak.com

ISBN 978-89-546-4330-6 03810

잘못된 책은 구입하신 서점에서 교환해드립니다.
기타 교환 문의 031) 955-2661, 3580

www.munhak.com